ECHTE **WIENER WEIHNACHTS G'SCHICHTEN**

Roman Danksagmüller

BACOPA VERLAG

Impressum

4521 Schiedlberg | Austria, Waidern 42
e-mail: office@bacopa.at | verlag@bacopa.at
www.bacopa.at | www.bacopa-verlag.at

Kreative Gestaltung und Leitung: Sue Lachmayr
Umschlaggestaltung und Satz: Mili & Kerstin Badic
Lektorat und Korrektorat: Sue Lachmayr
Foto: Tom-Tom Lachmayr | www.tomtomtv.at
Bezirkskarten: TomGonzales | Lizenz: CC BY-SA 3.0 | Quelle: wikimedia.org
Postkarten: um 1900, aus Privatbesitz
Gruft Button: Kurt Riha
Kontakt: www.romandanksagmueller.at

Printed in the European Union

ISBN: 9783991140436
1. Auflage, 2022

INHALTSVERZEICHNIS

ECHTE WIENER WEIHNACHTSG'SCHICHTEN

Wann beginnt für Sie Weihnachten?
Ende August oder im November oder gar erst am 23. Dezember?
Für manche ist der Zauber von Weihnachten schon längst verloren gegangen. Der Druck wird immer größer, die Hektik sowieso, die Frage nach dem „Was schenk ich wem?" stellt sich jedes Jahr von Neuem und das „Mit wem feiere ich an welchem Tag?" und der Vorsatz „Dieses Jahr wird alles anders!", wird spätestens Anfang Dezember immer lauter, bis hin zu „Weihnachten lasse ich aus und fliege irgendwohin in den Süden, wo es kein Weihnachten gibt".
Die Tage ab Anfang Dezember sind durchgetaktet. Einladungen zu Weihnachtsfeiern sollten wir aus teils geschäftlichen, teils gesellschaftlichen Gründen wahrnehmen und der Besuch auf dem Christkindlmarkt mit der Familie und den Kindern, oder mit den Freunden wird zum Muss. Und dann stehen noch die Treffen an den Tagen rund um den Heiligen Abend mit unseren Verwandten an.

Doch so verliert der Zauber jedes Jahr mehr und mehr seiner Kraft.

Oder … vielleicht doch nicht? Schließen Sie mal kurz Ihre Augen und erinnern Sie sich an Ihre Weihnachtszeit als Sie noch ein Kind waren. Da läuft sicher sofort ein Film ab mit Ihren ganz persönlichen Weihnachtsfesten. Erinnerungen, die ganz tief und fest gespeichert sind.

Tolle, wunderbare, erstaunliche, mystische, liebevolle, aber auch skurrile, enttäuschende, verstrickte und gestrittene oder teils für Weihnachten gar nicht passende Geschichten werden bei jedem von uns sofort im „Kinosaal“ des Großhirns abgespielt.

Als ich einigen meiner Freunde von meiner Buchidee erzählte, dass doch jeder von uns seine EIGENE Weihnachtsgeschichte in sich trage, hielten alle von ihnen sofort inne. Ihre Augenpaare blickten nach links, oder nach links oben und man sah in ihren Augen, wie ihr ganz persönlicher Weihnachtsfilm startete. Ich schmunzelte dabei immer, weil ich sie bewusst beobachtete und teilte ihnen das mit. Daraufhin lachten wir gemeinsam und die Freunde meinten: „Ja, du hast recht, da gibt es eine ganz bestimmte Weihnachtserinnerung in meinem Leben ...“

Halten Sie doch auch mal kurz inne, nehmen Sie sich die Zeit, gehen Sie in sich und schauen Sie in Ihre Kindheit zurück. Wie schön und einfach Weihnachten einmal war. Ohne Stress und Geschenkewahn. Ohne getaktete Tagesabläufe in der schönsten Zeit des Jahres.
Vielleicht finden Sie sich ja in der einen oder anderen meiner 12 Weihnachtsgeschichten wieder. Oder vielleicht helfen Ihnen die „Echten Wiener Weihnachtsg'schichten“ dabei, Ihren ganz persönlichen Weihnachtsfilm, vergraben meist tief in der Kindheit, zu starten.
Lassen Sie uns gemeinsam in ein Wien der 1970er bis heute eintauchen und vielleicht machen Sie ja auch einen Blick nach links oder links oben, um in das Fenster Ihrer Kindheit blicken zu können.
Aber Achtung: Da kann es natürlich sein, dass Sie das Christkind vorbeiflitzen sehen. Ich wünsche Ihnen dabei die wunderschönsten und

friedlichsten Weihnachten und vergessen Sie nie: Für eine schöne Kindheit ist es nie zu spät!

Hinweis:
Die Handlung von „Echte Wiener Weihnachtsg'schichten" ist frei erfunden. Das „echt" im Titel kann man auch mit einem Augenzwinkern sehen. Etwaige Ähnlichkeiten mit tatsächlichen Begebenheiten oder mit lebenden oder verstorbenen Personen wären rein zufällig.
Um die „Echten Wiener Weihnachtsg'schichten" leichter lesbar zu machen, wurde beim Verfassen des Buches auf geschlechtsneutrale Formulierungen verzichtet. Sofern es aus dem Kontext nicht anders hervorgeht, sind stets Frauen sowie Männer gleichermaßen gemeint und angesprochen. – Der Autor.

DIE KAUFMANNS

Eine Geschichte, die sich so oder so ähnlich rund um den 24. Dezember 1999 im 2. Wiener Gemeindebezirk, der Leopoldstadt, ereignete.

LEOPOLDSTADT
2. Wiener Gemeindebezirk
Fläche: 19,24 km²
Einwohner: 104.688
(1. Jänner 2022)

Die Kaufmanns. Eine gutbürgerliche Familie. Er, Erwin Kaufmann, Bankangestellter bei der Bawag, seine Frau, Ingrid Kaufmann, Bankangestellte bei der Bank Austria, und die beiden Töchter, Eleonore und Karmen Kaufmann. Sie gingen noch zur Schule, in das Sigmund-Freud-Gymnasium in der Wohlmutstraße in der Leopoldstadt.
Die Bankfilialen waren schon stimmig geschmückt und so kurz vor Weihnachten liefen die Bankgeschäfte auf Hochtouren. Die Kunden erledigten noch ihre offenen Zahlungen, lösten noch vor Jahresende

ihre Bausparverträge auf oder überwiesen Geld an ihre Verwandten im Ausland. An Überstunden fehlte es den Bankangestellten im Monat Dezember nicht. Die beiden Töchter der Familie hatten noch den üblichen Schularbeitsstress in den Tagen vor Weihnachten und so war die Stimmung in der Familie vorweihnachtlich angespannt.

Aus Angst vor dem Y2K-Problem (man dachte, dass die Systeme mit der Jahresendzahl 00 völlig überfordert wären und deswegen zum Jahreswechsel von 1999 auf 2000 abstürzen würden), gab es ständig neue Order der internen Service- und Computertechniker, der diversen Geldinstitute, um einen Totalausfall der Bankensysteme zu verhindern. Trotzdem musste der Kundenverkehr und die Betreuung der Kunden weiterhin reibungslos funktionieren.
Diese ständigen neuen Dienstanweisungen brachten Erwin, der immer wieder ein wenig aufbrausend, genervt, impulsiv, reizbar und ungeduldig war, aus der Fassung. Leider konnte er seinen Emotionen nirgendwo freien Lauf lassen, deshalb schluckte er diese des öfteren mit gutem Malz Whiskey abends hinunter. Er sinnierte dann vor sich hin, dachte an die gute alte Zeit, als es noch Erlagscheine gab, kein Internetbanking im Vormarsch war, und der Bankbeamte als eine Autoritätsperson hinter dem Bankschalter wahrgenommen wurde. Er war ein Mensch, der sich gerne genügend Zeit für seine Kunden nahm und immer wieder mal ein privates Plauscherl mit ihnen hatte. Ganz nach dem Motto „Früher war sogar die Zukunft besser!"
Trotz der neuen Zeit erschien Erwin noch immer in der Filiale fein gekleidet, im Anzug und mit Krawatte, obwohl dies gar nicht mehr notwendig war. Auch seiner Frau konnte er seine Probleme nicht mit-

teilen, da sie in derselben Situation war wie er, nur in einem anderen Bankinstitut, und die Kinder wollten von solchen Dingen sowieso nichts hören.

Eleonore und Karmen freuten sich schon sehr auf den Heiligen Abend. Ans Christkind glaubten die beiden 13- und 16-jährigen Mädels natürlich nicht mehr, aber an die Geschenke, die es bringen würde. Und ganz besonders in diesem Jahr. Denn auf ihren Wunschzetteln stand ganz groß und oben auf „Mobiltelefon“ mit drei Rufzeichen. Alle Mitschüler hatten bereits so ein Gerät. Es war an der Zeit, mit der Zeit zu gehen, erklärten sie ihrem Vater.

Er wollte keinerlei Veränderungen in seinem Leben und hielt gerne an Traditionen fest.

Für Erwin Kaufmann waren die Digitalisierung, die Mobiltelefone, das damit verbundene Jederzeit-Überall-Erreichbar-Sein, die „schöne neue“ Welt und das in jeden Haushalt einziehende Internet ein Graus. Er wehrte sich regelrecht dagegen. Er liebte Regionalität und den vertrauten kleinen Greißler ums Eck. Jegliche Erneuerungen oder gar Veränderungen schlug er, zumindest in seinem Privatleben, aus.

Tugenden wie Sparsamkeit, Gerechtigkeit und Mäßigung standen ganz oben bei seinen Charakterzügen.

Obwohl die Kaufmanns gut verdienten, kam für Erwin das von seiner Frau gewünschte Reihenhaus am Stadtrand nicht in Frage. Einen Kredit dafür von der Bank aufzunehmen, wäre für den Familienvater nicht vertretbar gewesen. Es würden dies sehr schnell alle seine Kollegen mitbekommen, und das wiederum wäre äußerst unangenehm für ihn. Außerdem hatte er in den vielen Jahren als Banker gesehen, wie viele Familien auseinanderbrachen wegen leichtsinniger Kreditvergaben seitens der Bank. Jeder konnte sich Ende der 1990er Jahre Geld sehr leicht leihen. Zuerst einen Kleinkredit, wie etwa für neue technische Geräte, dann ein wenig Geld von der Bank für einen tollen Urlaub, und dann einen Kreditaufschub für das neue Auto und so weiter. Erwin hielt an den guten alten Werten fest und da stand Weihnachten ganz oben bei ihm auf der Liste. Schon für seine Eltern war Weihnachten das wichtigste Fest im Jahr gewesen. Man hatte Jahr für Jahr denselben durchgetakteten Ablauf an Heiligabend, auch der Weihnachtsbaumschmuck wurde über Generationen weitergegeben.

Seine Mutter kochte in der Früh Erwins Lieblingsspeise, Palatschinken mit der selbst eingekochten Marmelade vom Sommer, und dazu gab es warmen Kakao. Mittags ein paar belegte Brote und endlich durften auch die Weihnachtskekse genascht werden. Erwins Mutter war immer sehr stolz auf ihren Buben und ab seinem vierzehnten Lebensjahr durfte er sogar, gemeinsam mit seinem Vater, den Christbaum aussuchen. Dazu fuhren sie jedes Jahr in den Wienerwald zu dem Christbaumhändler ihres Vertrauens, suchten vor Ort einen Baum aus, um ihn dann selbst zu „fällen". Sein Vater hatte das ganze Jahr über wenig Zeit für den Buben und so war für Erwin das gemeinsame Baumaussuchen mit seinem Daddy kurz vor Weihnachten ein Highlight.

Die Kaufmann-Töchter hielten von diesen Ritualen wirklich nichts, aber sie spielten ihre Rolle gut. Um ihren Papa nicht zu vergrämen und um die Geschenke auf ihrem Wunschzettel nicht zu gefährden, bestätigten sie ihn immer, wenn er von dieser Zeit erzählte.

Als Eleonore am 23. Dezember von der Schule heimkam, fragte sie ihre Mutter, ob sie ihren neuen Freund an Heiligabend mit nach Hause nehmen dürfe. Seine Familie würde erst am 25. Dezember wieder nach Österreich zurückkommen. Ingrid nickte nur, sie war gerade mit Keksebacken beschäftigt, und dachte gar nicht darüber nach, warum die Eltern von Eleonores Freund nicht in Österreich waren. Dass sie einen neuen Freund hatte, hatte sie ihren Eltern erst in diesem Nebensatz mitgeteilt.

Da ihre Mutter mit den Weihnachtsvorbereitungen so beschäftigt war, ging sie nicht weiter darauf ein.

Am späten Nachmittag kam Erwin nach Hause und meinte zu seiner Frau, dass es nun Zeit wäre, den Christbaum zu besorgen. Die Töchter und auch seine Frau verwehrten es ihm allerdings heuer, gemeinsam in den Wienerwald zu fahren, um einen Baum zu schneiden. Alleine würde es Erwin aber auch keinen Spaß machen und so war es für ihn in Ordnung, dieses Jahr mit dieser Tradition zu brechen.

Die Bäume der Wiener Christbaumhändler waren sehr teuer, aber wenn sie am frühen Abend des 23. Dezember erst einen Baum besorgen würden, dann müssten ihnen die Verkäufer doch preislich entgegenkommen, dachte Erwin. Dem war nicht so.

Sie klapperten einige Christbaumverkäufer rund um den Praterstern ab. Doch keiner wollte den Kaufmanns preislich entgegenkommen. „Dann besorgen wir den Baum eben morgen Vormittag“, brummte Erwin völlig enttäuscht zu seiner Frau. Am Heimweg, in der Nähe des Karmelitermarkts, hatte noch ein kleiner Punschstand geöffnet.

Erwin nahm seine Frau an der Hand und fragte sie ganz entspannt und gelassen: „Darf ich dich noch auf ein Getränk verführen?“ Ingrid war richtig überrascht, da ihr Mann doch gerade eben bei den verschiedenen Händlern abgeblitzt war und ihm so etwas normalerweise die Laune verdarb.

Erwin bestellte für seine Frau einen Vanillepunsch und für ihn einen Glühwein. Rund um den Verkaufsstand feierten noch ein paar gesellige und gut gelaunte Menschen diesen friedlichen, stimmungsvollen und leicht verschneiten Abend.

Sie wirkten, als wären sie Stammgäste und da sie so nett waren, kamen

die Kaufmanns mit ihnen sehr rasch ins Gespräch.
Erwin erzählte von seinem Christbaumproblem, dass die Verkäufer am 23. Dezember noch immer dieselbe Summe für einen Baum verlangten wie Mitte Dezember. Das wollte und konnte er nicht akzeptieren, die Stammgäste stimmten ihm dabei zu.
Nachdem der Punschstand-Besitzer noch eine Runde ausgegeben hatte, danach die Gäste, und zuletzt sogar der sparsame Erwin eine Runde geschmissen hatte, erblickte Ingrid den wunderschönen Baum direkt neben dem Standl. Da stand eine großgewachsene wunderbare Doppeltanne. Erwin, leicht angetrunken, fragte den Standler, was er mit dieser tollen Tanne tun würde, wenn er morgen seinen Stand schließe. Nach einer weiteren gemeinsamen Runde Gin-Punsch, war das Geschäft beschlossen. Erwin durfte den Baum noch heute Nacht mit nach Hause nehmen, da der Punschstand am Folgetag mittags schließen würde. Es war so, als hätte Erwin den Baum selbst gefällt, das gefiel ihm so sehr, dass er noch eine Runde spendierte, um anschließend den Baum mit Hilfe der Stammgäste aus dem Ständer zu heben und zu schultern. Für Ingrid war die Aktion nicht wirklich okay, da aber auch bei ihr der Alkohol spürbar wirkte, willigte sie ein. Die elektrische Weihnachtsbeleuchtung und die kitschige Plastikkugel auf der Christbaumspitze waren rasch abmontiert und für zweihundert Schillinge wechselte der Baum den Besitzer.
Die Wohnung der Kaufmanns lag unmittelbar neben dem Karmelitermarkt, so war es für Erwin ein Leichtes, den Baum auf seinen Schultern nach Hause zu bringen. Am Weg dorthin lachten und turtelnden die beiden wie zwei pubertierende Jugendliche, die sich gerade frisch verliebt hatten. Erwin, weil er so glücklich über das Schnäppchen war,

und Ingrid, weil sie wieder mal mit ihrem Mann einen außergewöhnlichen und lustigen Abend verbracht hatte.
Die beiden zwängten den Baum in die Aufzugskabine ihres Wohnhauses, drückten auf Stockwerk 2 und liefen dem Lift hinterher. Oben angekommen meinte Ingrid, dass es im Lift schon wieder so übel rieche. Doch sie gingen nicht weiter auf den Gestank ein, zerrten lachend den Baum aus der Aufzugskabine durch ihre Wohnung und stellten ihn am Balkon ab.

Am nächsten Morgen, gleich nach dem Frühstück, die Töchter schliefen noch, brachte Erwin den Baum ins Wohnzimmer, stellte ihn in den Christbaumständer mit integriertem Wassertank und holte die ordentlich beschrifteten Schachteln mit dem traditionellen Familienweihnachtsschmuck, auch das gläserne Christbaumkreuz von Erwins Großmutter war dabei, aus ihrem Kellerabteil. Ingrid machte sich ans Baumschmücken und Erwin kümmerte sich um die Lichterketten. Als die beiden, noch ein wenig verlangsamt wegen des Alkoholkonsums vom Vortag, mit ihren Vorbereitungen anfingen, sagte Ingrid zu ihrem Mann, dass sie noch immer diesen stechenden Geruch vom Vorabend aus der Aufzugskabine in ihrer Nase hätte. Erwin ignorierte die Aussage seiner Frau. Er lenkte seine Aufmerksamkeit auf die total vermankelten Kabel der elektrischen Kerzen, um diese, wie jedes Jahr wieder, zu entwirren. Obwohl sie Erwin immer nach Weihnachten, fein säuberlich geschlichtet in die Kartons zurück legte, waren diese jedes Jahr wieder völlig aufs Neue vermankelt. Die Türen des Wohnzimmers waren verschlossen, denn Eleonore und Karmen durften den Baum natürlich nicht vor der Bescherung sehen.

So gegen Mittag war der Baum mit dem traditionellen Weihnachtsschmuck der Familie Kaufmann und den elektrischen Lichterketten und Kerzen fertig geschmückt. Auch die Sprühkerzen waren schon bereit, um nur noch angezündet zu werden. Nach dem Mittagessen holte Ingrid die Geschenke aus dem Schlafzimmerkasten, um sie unter den Christbaum zu legen. Doch als sie die Wohnzimmertüre öffnete, schoss ihr wieder dieser stechende Geruch in die Nase, so dass es sie reckte. Der Geruch entfaltete sich durch die Wärme im Wohnzimmer nun voll und ganz. Doch woher kam dieser Gestank?
Ingrid fand es gleich heraus. Es war der Baum selbst.
Und sie kombinierte sehr schnell. Da der Baum fast den ganzen Dezember nahe neben dem Punschstand in einer uneinsehbaren dunklen Ecke gestanden hatte, war es klar, was die männlichen Besucher dort erledigt hatten. Und natürlich auch diverse Hunde.
Von Minute zu Minute erwärmte sich der Baum im Wohnzimmer immer mehr und der Uringestank entfaltete sich immer intensiver.

Ingrid begann zu weinen. So ein schöner Abend mit ihrem Mann und die Stammgäste hatten ihnen auch noch vor Freude lachend geholfen, den Baum aus der Verankerung zu heben und auf Erwins Schultern zu legen.
Ingrid war verzweifelt und schluchzte und weinte nur noch, denn sie wusste: Diese Weihnachten würden sie ohne einen Weihnachtsbaum verbringen müssen.
Erwin kam gerade aus dem Kellerabteil ihres Wohnhauses. Er hatte die Schachteln des Weihnachtszubehörs wieder dorthin zurückgebracht, als er seine Frau weinen hörte.

Sie saß in der Küche und starrte gegen die Wand. Da sie ihren Mann sehr gut kannte, erwartete sie nun das Donnerwetter seines Gefühlsausbruches. Genau so war es auch. Erwin flippte völlig wutentbrannt aus und regte sich mit (nicht für Heiligabend geeigneten Worten) über diese bösartigen Mitmenschen auf. Obwohl sie genau gewusst hatten, was täglich hinter diesem Baum passiert war, hatten sie ihnen den Baum mit Freude verkauft. Erwin wollte in diesem Moment mit allen Traditionen brechen und nie wieder Weihnachten feiern. Der Gestank war bereits unerträglich im Raum. Erwin öffnete die Balkontüre, schnappte den bereits mit Familienschmuck aufgeputzten Weihnachtsbaum, riss ihn aus dem Weihnachtsständer, das Wasser spritzte durch das halbe Wohnzimmer, und schmiss ihn mit einem Satz zwei Stockwerke hinunter. Mit den Worten „Den bring ich ihnen zurück!", verschwand er aus der Wohnung. Die Kinder hörten den Lärm und rannten aus ihren Zimmern, um nachzusehen, was passiert war. Ingrid erklärte ihnen weinend die Situation und war sehr froh, dass der Baum niemanden getroffen, geschweige denn verletzt hatte, denn genau unter ihrem Balkon war ein kleiner Gehweg.

Die Mädels sahen noch aus dem Küchenfenster, wie ihr Vater mit dem geschmückten Baum in der Hand in Richtung Karmelitermarkt verschwand.

Ingrid rief ihre beste Freundin Angela an und klagte ihr Leid. Auch Angela ging es ähnlich, auch sie hatte Schwierigkeiten an diesem 24. Dezember mit ihrem Baum, mit ihrem Mann – einem sehr bekannter Fernsehmoderator – und mit den Weihnachtsgeschenken. Sie sprach ihr zwar Mut zu, konnte ihr aber auch nicht wirklich weiterhelfen. (Angelas Geschichte finden Sie im Kapitel „Der TV-Star und das Puppenhaus")

Als Erwin endlich am Karmelitermarkt ankam, hatte der Punschstand schon geschlossen. Von den Stammgästen war natürlich auch niemand mehr zu sehen. Er lehnte den geschmückten Baum fluchend in die „Pinkelecke", als bereits der erste Hundebesitzer vorbeikam. Dessen Hund beschnüffelte sofort den wunderschönen Weihnachtsbaum und markierte ihn mit Freude. Erwin war fassungslos, schüttelte seinen Kopf und ging wutentbrannt fluchend nach Hause.

Es dämmerte bereits, die Christbaumverkaufsstände hatten alle schon geschlossen und nun stand für Erwin fest: 1999 würde sein erstes Weihnachten ohne Weihnachtsbaum sein.
Eleonore und Karmen zogen sich einstweilen warmes Wintergewand an, um Eleonores neuen Freund von der U-Bahn Station Schwedenplatz abzuholen.
Ingrid hatte zwar ihrem Erwin mitgeteilt, dass Eleonores neuer Freund mit ihnen gemeinsam den Heiligen Abend verbringen würde, doch sie hatte Zweifel daran, ob ihr Mann dies auch realisiert hatte.
Während Erwin den Baum zurückbrachte, schmückte Ingrid das Wohnzimmer mit Duftkerzen und Räucherstäben, um den Gestank loszuwerden. Sie zauberte in der kurzen Zeit eine sehr weihnachtliche Stimmung in die Wohnung der Kaufmanns. Am Wohnzimmertisch lagen die Geschenke und in der Mitte stand der Adventkranz. Nachdem Erwin zurückgekommen war, trank er zur Beruhigung einen kleinen Whiskey. Da läutete es an der Türe. Ingrid ging in den Vorraum, um zu öffnen.
Erwin rief ihr aus der Küche noch ganz laut nach: „Wenn es das Christkind ist, sag ihm, wir sind nicht zu Hause und Baum haben wir auch

keinen. Es soll sich verzischen." Karmen, Eleonore und ihr neuer Freund waren gekommen. Sie setzten sich gemeinsam zu ihrem Vater in die Küche. Eleonore stellte ihren Eltern ihren neuen Freund, Dinesh, vor. „Prost, Dinesh, du siehst nicht aus wie das Christkind und deshalb heiße ich dich herzlich bei uns willkommen", versuchte Erwin als ersten Eindruck einen Scherz anzubringen. Erwin war zwar etwas erstaunt über den Namen des Jungen, seine Hautfarbe und seinen leichten Akzent, doch fand er ihn sehr sympathisch und höflich. Nach einem warmen Kakao und einem Tee für Dinesh wurde Herr Kaufmann ein wenig unruhig und vermittelte seiner Familie, dass er kurz mal im Wohnzimmer nachsehen müsse, ob das Christkind doch noch gekommen war, obwohl er es weggeschickt hatte.

Er stand auf, ging ins Wohnzimmer und kurz darauf läutete auch schon die Weihnachtsglocke. Das Christkind war doch noch gekommen. Als Dinesh sah, dass es keinen Weihnachtsbaum bei den Kaufmanns gab und viele Räucherstäbchen dufteten, war er sehr erfreut und bedankte sich bei Herrn Kaufmann. Der blickte ihn überrascht an und fragte Dinesh, wieso er sich dafür bedanke, dass sie keinen Weihnachtsbaum hätten. Der Junge antwortete, dass es doch nicht notwendig gewesen wäre, extra keinen Weihnachtsbaum aufzustellen, nur weil er und seine Familie in Indien dies auch nicht täten. In ihrer Religion gab es kein Weihnachten so wie es in Österreich gefeiert wird. Das Fehlen des Baums empfand er daher als eine soziale Geste der Kaufmanns. Und er bedankte sich auch dafür, dass ihm Ingrid und Erwin an diesem Festtag als Gast genommen hatten.

Dinesh erklärte weiters, warum er heute alleine war:
Seine Familie habe in der Früh in Schwechat landen wollen, sie waren nördlich von Delhi in der Entwicklungsfirma für Mobiltelefone von Dineshs Vater gewesen, doch sie hätten keinen direkten Rückflug nach Wien mehr bekommen. So würden sie erst am nächsten Morgen landen und er freue sich schon riesig auf sie.

Dinesh hatte zwei kleine Weihnachtspakete für die Eltern von Eleonore mitgebracht. Er überreichte sie mit den besten Grüßen von seinen Eltern. Sehr erfreut öffnete Erwin als erster das Paket. Darin waren je ein sandfarbiges, in Europa noch gar nicht leicht zu bekommendes, Ericsson T36 Mobiltelefon. Erwin bedankte sich, doch war er sichtlich nicht wirklich erfreut über dieses Hightech-Geschenk. Er legte es desinteressiert zur Seite und griff zu seinem Whiskey-Glas. Außerdem war die Situation Erwin äußerst unangenehm, da er beschenkt wurde und kein Geschenk für seinen Gast hatte. Sollte er in den Keller gehen und eines der Spargeschenke vom Vorjahr, die er dort lagerte, holen?

Während Ingrid den Weihnachtskarpfen zubereitete, erzählte Dinesh über seine indische Familie und wie bei ihnen religiöse Feste gefeiert wurden. Dass es bei solchen Festen kulinarisch eine große Auswahl gebe, obwohl niemals Fleisch oder Fisch am Speiseplan stehen würde und er scherzte weiters: „Alles, was mich anschauen kann, esse ich nicht.“ Erwin versuchte auch lustig zu sein: „Gilt das auch für Linzer Augen?“, und lachte dabei laut auf. Dinesh lachte höflichkeitshalber mit, obwohl er den Scherz nicht verstand. Erwin versuchte mit einem gepressten Lächeln höflich zu sein, fand das aber gar nicht lustig, denn er freute sich schon wie jedes Jahr auf den Weihnachtskarpfen. Kein Weihnachtsbaum und dann vielleicht auch noch keinen Karpfen, das wäre zu viel an gebrochenen Traditionen für ihn gewesen. Eleonore ging mit Dinesh in die Küche, gab ihm Reis, eine Dose Kichererbsen, einen Becher Joghurt und ein wenig Curry. Die Kartoffel hatte Ingrid schon zugestellt als Beilage für den Fisch. Dinesh zauberte in kürzester Zeit aus den einfachen und wenigen Zutaten ein wirklich leckeres indischen Curry.

„Sollte heute wirklich mit allen Traditionen gebrochen werden?", fragte sich der Familienvater. Kein Weihnachtsbaum-Familienschmuck und ein indisches Durcheinander von Reis mit Kartoffel und Kichererbsen als Festessen an Heiligabend. Er bestand darauf, seinen Fisch serviert zu bekommen. Ingrid richtete für ihn den Karpfen an, und für alle anderen servierte sie das indische Curry. Erwin öffnete eine Flasche Sekt und die Kaufmanns stießen auf dieses etwas andere Weihnachten gemeinsam an.

Mit jedem Schluck baute sich der vorangegangene Stress der letzten Tage langsam ab. Karmen und Dinesh tranken Tee und die ganze Familie, einschließlich ihrem Gast, hatte doch noch einen ausgelassenen und lustigen Abend. Ingrid servierte zum Abschluss noch ihr selbstgemachtes, mit Kakao, Zimt und Lebkuchengewürz bestreutes Tiramisu. Sie plauderten über die unterschiedlichen Kulturen, über das aktuelle Weltgeschehen und über ihre Familiengeschichten. Erwin fragte Dinesh nach seinen beruflichen Zielen. Er entgegnete ihm, dass sein Vater eine Riesenfirma in Indien hätte, die Software für diverse Handyanbieter bereitstellen würde. Doch er hätte andere Pläne. Er würde gerne in der Musical School Vienna oder am Schauspielkonservatorium der Stadt

Wien vorsprechen, beziehungsweise vorsingen, um da zu studieren. Auch die Werbebranche wäre interessant für ihn, um seiner Kreativität Ausdruck zu verleihen. Dass er kreativ im Texten sei, das sagten ihm seine Freunde und auch seine Lehrer im Gymnasium immer wieder. In seiner Clique war Dinesh immer der, der alles wusste, und so entstand der Running Gag: „Frag doch den Inder!"

Einige Jahre später brachte er all seine Talente, wie Schauspiel, kreatives Texten und Tanzen auf einen Nenner und er entwarf eine tolle Werbekampagne für einen österreichischen Mobilfunkanbieter, in der er selbst die Hauptrolle spielte.
Mit dieser Kampagne machte Dinesh auch seinen Vater sehr glücklich und der war richtig stolz auf seinen Sohn.

DER TV-STAR UND DAS PUPPENHAUS

Eine Geschichte, die sich so oder so ähnlich rund um den 24. Dezember 1999 in Döbling, dem 19. Wiener Gemeindebezirk, ereignete.

DÖBLING
19. Wiener Gemeindebezirk
Fläche: 24,9 km²
Einwohner: 73.873
(1. Jänner 2022)

In Wien war es neblig und nasskalt an diesem 23. Dezember. Die Gehwege und Wiesen der Vorstadt waren leicht verschneit. Im Zentrum der Stadt funkelte die wunderbare Weihnachtsbeleuchtung. Der Duft von Punsch, Glühwein, gebrannten Mandeln und Lebkuchen kroch einem von überall wohltuend in die Nase und die Kinder wärmten ihre Hände am Papierstanitzel mit heißen Maroni darin. Die Menschen in Wien lebten noch ihren Weihnachtsstress in vollen Zügen aus, doch das zauberhafte Wien hatte das gewisse Etwas nicht verloren. Es weihnachtete überall. Trotz des Gewusels und der hektischen Einkaufsmeute verspürte man die Vorfreude auf den Heiligen Abend. Es dämmerte bereits und in den Kinderaugen spiegelten sich die bunten Lichter und Sterne der beleuchtenden Einkaufsläden und Auslagen der Großstadt. Das alte Wien ließ sich jedenfalls nicht aus der Ruhe bringen und verstrahlte seinen gewissen Charme und Esprit zwischen der neuen bunten und digitalen Lichterwelt und den wunderbaren, fast schon aus der Zeit gefallenen, Herrschafts- und Gründerzeithäusern und den beeindruckenden Palais, die nur dezent dekoriert waren.

Angela und Robert Parinek waren, wie jedes Jahr am 23. Dezember, am Weg zu ihren Freunden, Gerhard und Christine, in den 9. Bezirk unterwegs. Die beiden bewohnten in Wien-Alsergrund ein wunderbares Palais, in dem auch die Firma eines Freundes untergebracht war. Gerhard war ein Hallodri aus einem kleinen Dorf in Niederösterreich. Er war Frauenversteher, aus sehr einfachen familiären Verhältnissen und dem Alkoholgenuss nicht abgeneigt. Christine hingegen kam aus sehr reichem Elternhaus. Ihre Vorfahren waren Adelige und so erbte sie Mitte der 1990er Jahre dieses wunderbare Palais im Zentrum von Wien, nahe der Ringstraße. Angela und Robert trafen sich jedes Jahr am 23. Dezember abends mit ihren Freunden, um gemeinsam auf das vergangene Jahr anzustoßen. Dieser Besuch bedeutete auch, dass der ganze Stress nun von ihnen abfallen und die folgenden Tage nur noch der Familie gewidmet sein würden. Angela und Robert freuten sich schon sehr auf diesen Moment, an der großen Palaistüre ihrer Freunde zu läuten. Danach würden sie über den Innenhof in die Etage des Palais schreiten, welche die beiden bewohnten, gemeinsam abendessen, ein Gläschen Sekt trinken, plaudern und den Weihnachtstrubel langsam hinter sich lassen.

Aber zuvor mussten die Parineks noch mit ihren Kids zu Oma und Opa in Baden bei Wien fahren. Da verbrachten der neunjährige Thomas und seine um fünf Jahre jüngere Schwester Paula jedes Jahr die Nacht vom 23. auf den 24. Dezember.
So blieb Angela und Robert noch genug Zeit, ihre Weihnachtsvorbereitungen in aller Ruhe zu erledigen. Das sehr stillvolle Alt-Sieveringer Haus, in dem die Familie Parinek wohnte, erbaut in den 1920er Jahren, würde wie jedes Jahr nach dem Besuch bei ihren Freunden noch in der Nacht von Angela weihnachtlich dekoriert werden, und es blieb auch noch genug Zeit, am nächsten Morgen den wunderschönen Baum ohne die Kinder mit den sehr alten, traditionellen, gläsernen Weihnachtskugeln in aller Ruhe zu schmücken. Da die Großeltern, mit den beiden Enkelkindern wie vereinbart am 24. Dezember erst um etwa 15 Uhr im ruhigen Gässchen in Wien-Sievering ankommen würden, hatte es in den vergangenen Jahren bei den weihnachtlichen Vorbereitungen kaum Stress gegeben.

Mit tausend Küssen links und rechts und der Übergabe ihrer Lieblingsstofftiere verabschiedeten sich Angela und Robert von ihren Kindern mit den Worten: „Wir müssen dem Christkind noch ein bissl helfen und freuen uns schon riesig auf euch morgen. Schlaft gut und Opa soll euch noch eine Gute-Nacht-Geschichte vorlesen.“ Roberts Schwiegermutter bat ihn noch, vom oberen Stock des Hauses rufend: „Nimm doch schon die Weinflaschen für morgen Abend mit. Wir ha-

ben eh so viel zu tragen. Die sind ein Weihnachtsgeschenk für euch!"
Da auch die Kinder aufgeregt im Haus herumtobten, verstand Robert nur „Weinflaschen" und „geschenkt", als es an der Türe läutete und drei Feuerwehrmänner höflich fragten: „Wir sind wie vereinbart da, um die Weinflaschen abzuholen. Für den Weihnachtspunsch morgen Nachmittag am Stadtplatz. Damit ma wieder a bissl Geld sammeln können für unser neues Feuerwehrhaus! Frohe Weihnachten!"
Robert rief zu seiner Schwiegermutter hinauf: „Du Mama, ist das der Wein für die Feuerwehr, der da im Vorzimmer steht?"
„Ja, ja, das ist der Wein, den möchte ich euch mitgeben", rief sie ihm geistesabwesend zu, da sie mit den Enkelkindern beschäftigt war. So übergab Robert die sechs Flaschen den jungen Feuerwehrmännern. Er wunderte sich zwar, dass die Rotweinflaschen in einem sehr edlen Karton verpackt waren, aber wahrscheinlich lagerte der schon ewig im Keller und der Wein war nur noch für Glühwein zu gebrauchen. Das war sicher der Grund, weshalb seine Schwiegermutter ihn zum Verschenken hergerichtet hatte. Robert gefiel es, dass er die Spende für die Badener Feuerwehr persönlich überreichen durfte. Es machte ihm das Schenken richtig Spaß, vor allem so kurz vor Weihnachten.

Ende November hatte Robert für einen Christbaumhändler verschiedene Radio- und Werbespots gesprochen. Der nette, großgewachsene und kernige Händler aus der Steiermark war bei den Spots selbst dabei gewesen. Im Tonstudio zu sein war eine ganz neue Erfahrung für den Mann aus dem Ausseerland und er war so begeistert, dass er Robert spontan einen Weihnachtsbaum versprochen hatte. Er solle sich diesen beim größten seiner Verkaufsplätze in Wien persönlich abholen.

Damit würde er ihm eine große Freude bereiten.
Robert startete seinen Multivan, der große Verkaufsplatz lag direkt am Weg von Baden bei Wien in den 9. Bezirk, und so beschlossen sie, sich den Weihnachtsbaum vom netten Steirer bei der Gelegenheit abzuholen, bevor sie zu Gerhard und Christine fuhren. „Der Christbaumverkäufer freut sich sicher, wenn ein Prominenter, wie ich einer bin, bei ihm persönlich einen Baum abholt. Was meinst du, mein Schatz!? Und ein Geschenk sollte man doch nicht ausschlagen."
Beide lachten, waren gut gelaunt und fuhren in Richtung Alsergrund. Als sie auf dem großen Areal voll mit wunderbaren Christbäumen in allen Größen ankamen, erkannte sie der Chef sofort. Er kam ihnen entgegen und zeigte, wo sie ihr Auto parken konnten. „Sie kriegen den schönsten und größten Baum, den wir hier am Platz haben. Meine Arbeiter werden ihn gleich einladen, lassen Sie das Auto offen und kommen Sie mit mir zu unserer improvisierten und selbst zusammengenagelten Bar", meinte der großgewachsene Steirer.
Kurz darauf lehnten sie vor einer kleinen Holzhütte und Toni, der ihnen gleich mal das Du-Wort antrug, schenkte aus einer Doppelliter-Flasche für alle einen durchsichtigen Schnaps aus. „Prost. I bin der Toni und ich freu mich sehr, dass so berühmte Leute wie ihr es seids, bei mir persönlich vorbeikommen. Ich dachte immer, dass sich die Leut' vom Fernsehen einen Weihnachtsbaum liefern lassen", sagte er zu Robert und noch bevor sich dieser rechtfertigen konnte, schenkte der Christbaumhändler bereits das nächste Stamperl ein.

Jedes Mal, wenn einer seiner Arbeiter an der selbst zusammengenagelten Holzbar vorbeikam, schrie Toni: „Schaut's wer da ist, der schaut in

echt ganz anders aus als im Fernsehen, oder?“, und schenkte dabei laut lachend wieder nach.
Robert musste mit jedem der Arbeiter einen selbst gebrannten Obstler trinken, der ihm überhaupt nicht schmeckte. Ansonsten hätten die über ihn anschließend womöglich nur Schlechtes erzählt. Das wäre für Robert schlimm gewesen, denn es war ihm sehr wichtig, was die Öffentlichkeit von ihm hielt. So aber blieb er ihnen bestimmt im Gedächtnis als einer von ihnen, einer, der mit ihnen gesoffen hat. Als die Flasche mehr als halb leer war, verabschiedeten sich Angela und Robert, öffneten die Türen ihres VW-Busses, setzen sich ins Auto, doch die beiden konnten einander kaum mehr sehen. Die ganze Fahrerkabine inklusive Kofferraumabteil war voll gefüllt mit einem riesigen Christbaum. Die Arbeiter hatten die Tanne mit der Spitze voraus in das Auto geschoben, so dass der Baum den Wagen komplett ausfüllte. Zum Glück waren das Lenkrad und der Schalthebel noch greifbar und so starteten die beiden in Richtung Palais zu ihren Freunden.
Kurz nachdem sie den Christbaumverkaufsplatz verlassen hatten, bat Robert Angela, sich hinters Steuer zu setzen. Natürlich konnte er das Steuer seiner Frau nicht gleich vor Ort überlassen, da Toni mit seinen Arbeitern aufgereiht gestanden war und ihnen noch beim Wegfahren nachgewunken hatte. Welchen Eindruck hätte das nur erweckt, wenn der berühmte Moderator nach ein paar kleinen Stamperln Obstler nicht mehr selbst Auto fahren könnte? Angela hatte nur bei der ersten Schnapsrunde mitgemacht und so war es kein Problem für sie, den Wagen zu lenken.
Bei teilweisem Stopp- und Go-Verkehr cruisten sie mit ihrem voll ausgefüllten Auto durch Wien. Bei jedem Stopp und jeder roten Ampel

starrten die Menschen in ihren VW-Bus hinein, da sie niemanden am Steuer sehen konnten. Man sah nur grünes Geäst. Endlich bei Gerhard und Christine angekommen, parkten sie ihr Auto im Innenhof und fuhren mit dem Lift in deren Wohnetage.
Im ehemaligen Tanzsalon des Palais hatte Christine versucht, den Esstisch, der in dem großen Saal wirkte wie ein Puppentischchen, weihnachtlich zu dekorieren und ein paar Canapés darauf herzurichten. Doch nach Essen war Robert und Angela sowieso nicht zumute, denn sie waren sichtlich geschlaucht von der Autofahrt und dem grausamen Fusel aus der Doppelliter-Flasche. Sie erzählten ihren Freunden vom gratis Weihnachtsbaum-Deal und dass sie heute nicht lange bleiben würden, da es schon recht spät sei und sie noch so viel für den morgigen Weihnachtstag vorzubereiten hätten, ansonsten müssten sie den Heiligen Abend um einen Tag verschieben.
Doch ein Gläschen Sekt wollten sie schon mit ihnen gemeinsam schlürfen, so wie all die Jahre zuvor. „Aber Christine, warum stoßen wir nicht so wie immer in eurer Küche gemeinsam an? Ich weiß doch, dass für dich Weihnachten und Weihnachtsdeko nicht sehr wichtig sind."
Genau in diesem Moment hörten sie einen Knall aus der Küche und Gerhard kam mit einer überschäumenden 1,5-Liter-Flasche Dom Perignon Blanc Magnum Vintage aus dem Jahre 1995 – in dem Jahr hatten sich die Hausherren kennengelernt – herein. Der edle Tropfen hinterließ am Parkettboden eine lange Spur. Das hätte es bei Robert und Angela nicht gegeben – sie servierten Champagner stilvoll in einem silbernen Kübel voll mit Eiswürfel, mit einer Stoffserviette auf einem wunderschönen silber-goldenen Tablett aus den 1920er Jahren.
Angela fragte sofort, ob sie etwas übersehen hätten, einen Geburtstag,

oder vielleicht hatten die beiden ihren vierjährigen Jahrestag!? Aber wieso sollten sie diesen mit ihnen feiern wollen? Bei Robert spielte der Obstler alle seine Trümpfe aus und er sah sich schon am Sofa in der Ecke des Salons vor sich hin schlummern. Der laute Knall der Champagnerflasche weckte ihn auf und als Gerhard hereinkam, fragte er erschrocken, was denn los sei. „Ihr seid die Ersten, die es erfahren sollen!", schrie Gerhard vor Freude. „Meine Christine ist schwanger!" Sie hatten so lange darauf gewartet und nun endlich war es so weit. Robert wurde übel und wollte nur noch nach Hause, doch er wusste, jetzt ist an Heimfahren nicht zu denken. Angela fiel Christine um den Hals und der Tanzsalon des Palais machte seinem Namen alle Ehre. Es wurde endlich wieder mal darin getanzt. Sie umarmten sich, busselten sich ab und schrien vor Freude, während Gerhard den Dom Perignon in Weißweingläser einschenkte.

Robert saß bereits bei Tisch und hatte nun doch Hunger bekommen. An Essen, außer den Canapés, die von Robert schon längst aufgegessen waren, hatten die Gastgeber nicht gedacht. Sie waren ein sehr wohlhabendes Paar, aber ihre Gastfreundschaft hielt sich in Grenzen und Kochen passte nicht zu ihrem Lifestyle.
Hingegen an Champagner fehlte es nie. So war die erste Flasche schnell leer getrunken und Gerhard öffnete schon die nächste.
Guter Schaumwein aus der Champagne galt als Statussymbol für ihn, da er mit der Tochter eines Barons aus ungarischem Adelsgeschlecht ein Kind bekommen würde. Ein paar Jahre zuvor war ein Weihnachtsbock von Ottakringer auch noch gut genug für ihn gewesen, aber so änderten sich seine Gepflogenheiten. Doch obwohl er nun Mitglied

der gehobenen Gesellschaft war – mit Stil und Etikette konnte er nicht aufwarten. Das erkannte man sofort beim Öffnen der Champagnerflaschen. Es sah aus wie bei einem Formel-1-Rennfahrer am Siegespodest: Hauptsache laut und spritzig sollte es sein. Robert wollte von Etikette, Stil und Schaumwein gar nichts mehr wissen und bat seine Frau, mit ihm gemeinsam den Heimweg anzutreten. Angela reagierte erst auf Roberts Bitte, als er ihr klar machte, wie viel Vorbereitungsarbeit noch auf die beiden wartete. Es war schon kurz vor Mitternacht, Robert wankte bereits wie ein angezählter Boxer.

War es der viele Alkohol aus dem Ausseerland oder der aus der Champagne, der ihn in diesen Zustand versetzte, oder sein hungriger Magen – eine abendliche Einladung ohne Abendessen!? – oder einfach das präpotente und übertrieben „Gute Laune“-Verhalten von Gerhard? Seit er in dieser noblen Gesellschaft verkehrte – die beiden kannten sich immerhin schon über 20 Jahre – hatte er sich verändert. Ab diesem Abend hatte Robert keine Lust mehr auf die Freundschaft mit Gerhard. Dies wollte er ihm zugleich mitteilen, da er aber kaum noch einen geraden Satz von sich geben konnte, verabschiedeten sie sich oberflächlich mit Bussi rechts und links und wünschten sich frohe Weihnachten oder so etwas ähnliches.
Angela und Robert gingen in den Innenhof zu ihrem Auto. Da hielten sie kurz inne. Wer soll in diesem Zustand nach Hause fahren? Robert sicher nicht, der hatte schon mehr als eine Promille Alkohol im Blut. Doch auch Angela war sichtlich betrunken. Ein Taxi zu rufen wäre ein Leichtes gewesen, doch da war noch der Baum in ihrem VW-Bus und den brauchten sie morgen Früh als erstes.

Angela setzte sich hinters Steuer und trat die Heimfahrt an. Sie begann mit sich selbst zu lachen und zu kudern und zog über die mangelnde Gastfreundschaft, das fehlende Abendessen und die etwas ärmlich dekorierte Wohnung ihrer Freunde her. Robert stimmte ihr stillschweigend und nickend zu.

Im Auto duftete es nach frischem Reisig, ihr Baum füllte noch immer mit seiner Pracht den ganzen Multivan aus.

Kurz vor der Sieveringer Straße, auf der Agnesgasse Höhe Hackenberg, vermutete Robert zuerst Rudolf das Rentier mit der roten Nase. Doch wie sich herausstellte, war es ein Polizist mit roter Kelle und Stoppzeichen darauf: Die Wiener Polizei machte ein Planquadrat. Angela ermahnte Robert; „Bitte verhalte dich ruhig, falls sie uns aufhalten!“
Sie fuhren rechts ran, Angela übergab dem Polizisten die Fahrzeugpapiere, da kam auch schon die Frage: „Haben Sie etwas getrunken?“ „Ja, aber wir hätten sonst den Weihnachtsbaum niemals nach Hause gebracht und meinem Mann ist leider a bissl übel, deshalb bin ich gefahren“, entgegnete Angela dem Polizisten. „Wo ist denn Ihr Mann, den kann man ja kaum sehen, so viel Baum ist in Ihrem Auto.“ Der Polizist ging zur Beifahrertür und da erkannte er Robert Parinek. „Na, Herr Parinek, wie geht's?“, fragte der Polizist. Robert antwortete mit einer Frage: „Sind Sie der Weihnachtsmann mit grünem Anzug, oder Rudolf mit der roten Kelle?“ – „Ich seh, Sie sind ja ein ganz ein Witziger. Im Fernsehen sind Sie ja nur halb so lustig. Ihr Glück ist, dass Sie so eine nette Frau haben, die sich um Sie sorgt, weil Ihnen ja schlecht ist. Von was Ihnen schlecht ist, frag ich gar nicht erst. Ich lass Sie weiterfahren. Ihre Frau hat mir mitgeteilt, dass Sie nur noch ein paar hundert Meter nach Hause hätten und sie wird Sie sicher gut heimbringen – frohe Weihnachten und das nächste Mal bitte einen kleineren Baum oder ein größeres Auto.“
Der Polizist lachte über seinen eigenen Schmäh, mit dem er offensichtlich bei dem berühmten Moderator punkten wollte, Robert bedankte sich bei dem netten Beamten, wünschte ihm auch frohe Weihnachten und kurz darauf parkten die beiden ihr Auto bereits vor ihrem Haus.
„Den Baum hol ich morgen aus dem Auto, ich mach heute gar nichts

mehr“, teilte er seiner Frau mit und verschwand im Schlafzimmer. Angela holte noch die Schachteln mit der Weihnachtsdekoration aus dem Keller, doch das Haus auch noch zu schmücken, daran war nicht mehr zu denken.

Um 8 Uhr früh läutete ihr Wecker. Robert schlief tief und fest – bis Angela auf seine Bettseite kam, ihn sanft streichelte und ihn dabei bat, den Weihnachtsbaum aus dem Auto zu holen, alleine würde sie das nicht schaffen. Er könne sich danach nochmals hinlegen und weiterschlafen. Murrend, noch im Halbschlaf, folgte er ihrer Bitte und ging nur mit T-Shirt, Unterhose und Hausschlapfen bekleidet vor ihr Haus, wo der Wagen parkte.

Die Straße war wie leergefegt, kein parkendes Auto weit und breit – bis er zu seinem VW-Bus kam und die Heckklappe öffnen wollte. Da stand, direkt an der Stoßstange seines Multivans klebend, ein Daihatsu Cuore. Der zuckerlrosa Kleinstwagen war hinter seinem Bus gar nicht zu sehen, so knapp dahinter war dieser geparkt. Robert hatte keine Autoschlüssel mitgenommen, da er und seine Frau ihr Auto nur selten in dem ruhigen Gässchen absperrten, so konnte er auch nicht einen Meter nach vorne fahren, um die Heckklappe zu öffnen. Er wurde cholerisch und tobte: „Was für ein Volltrottel parkt sich so knapp hinter meinen Bus, so dass ich den Baum nicht ausladen kann!“

Einer der Nachbarn hörte das Geschrei von Robert und erwiderte: „Das ist der Wagen meiner Haushaltshilfe und der parkt schon seit ein paar Tagen an derselben Stelle. Und ziehen Sie sich was Warmes an, weil so schön sind’S auch wieder nicht in Ihren Unterhosen, Herr Parisek.“ Sich schämend und den hochroten Kopf nach unten geneigt, ging er zurück zum Haus. Die Gartentüre war ins Schloss gefallen und da stand er nun, dauerläutend an der Sprechanlage, bei etwa Null Grad und bereits frierend vor seiner Gartentüre. Doch Angela hörte das Läuten scheinbar nicht. Am Unterhosenoutfit waren keine Taschen angebracht und so hatte er die Hausschlüssel neben den Wagenschlüsseln im Vorraum zurückgelassen.

Von einem Bein aufs andere tanzend, seine Hände zu Fäusten geballt, in die er hineinpustete, blieb er in Bewegung, um nicht ganz so stark zu frieren. Er ging rund um sein Grundstück, ihr Haus war in einen Hang gebaut und der schmale Weg nach hinten war sehr rutschig und gatschig. Mit den Schlapfen war es kein Leichtes diesen Weg zu erklimmen, doch hoffte er, dass die kleine Gartentüre hinterm Haus nicht versperrt war. Am halben Weg nach hinten hörte er seine Frau von den Eingangstüre im Vorgarten rufen: „Robert, wo bist du denn?!"

Er schlitterte so schnell es ging wieder zur Vorderseite, doch da war Angela schon wieder im Haus. Da sie ihn rufen gehört hatte, es aber nicht orten konnte, ging sie auf die Terrasse, um nachzusehen, ob ihr Mann vielleicht im hinteren Teil ihres Gartens war. Doch Robert war schon wieder nach vorne unterwegs und läutete an der verschlossenen Eingangstüre. „Angelaaaa! Mach endlich auf – mir ist eiskalt!", schrie er. Angela hörte die Glocke und eilte wieder zur Vordertür. Doch da konnte sie ihren Mann nur noch sehen, wie er hinterm Haus verschwand. Das ging mehrmals so hin und her. Bis Robert schrie: „Sag, willst du mich verarschen?"

„Na, Herr Nachbar solche Kraftausdrücke an einem Festtag wie heute!? Und Sie sollten sich beim Morgensport wirklich was anziehen, Ihre Zehen sind schon ganz rot angelaufen", teilte ihm auch noch sein netter

Nachbar aus dem Fenster lehnend schmunzelnd mit. Roberts Morgenlauf ums Haus war auch von den Hundegassigehern beobachtet worden.
Auch die fanden es recht amüsant, den aus Funk und Fernsehen bekannten, nur in Unterhosen bekleideten, Herrn Parisek, springend wie das Rumpelstilzchen, fluchend und mit hochrotem Kopf, zu beobachten. Endlich öffnete Angela die vordere Gartentüre, wartete dort auf ihn, und übergab ihrem Robert die Haus- und Wagenschlüssel. Er fuhr zwei Meter nach vor, öffnete die Heckklappe und begann den riesigen Baum aus dem Wagen zu zerren. Als der grüne Riese schlussendlich im Haus war, meinte Angela: „Jetzt kannst du dich wieder hinlegen und weiterschlafen, vielen Dank.“
Mit einem Puls von 180 und einem frierenden Körper war ans Weiterschlafen nicht mehr zu denken. Robert beruhigte sich und langsam spürte er auch wieder seine Zehen– und seine Fingerspitzen. Nach einem Espresso beschloss er, munter zu bleiben und seiner Frau mit den Vorbereitungen fürs Fest am Abend zu helfen.

Nach der Dusche kehrte wieder Leben in seinen müden Körper zurück, und er war fit für das Zusammenbauen des Holzpuppenhauses – das Weihnachtsgeschenk für seine Tochter. Versteckt unter einer großen Decke in der Garage, brachte er es in die Küche. Noch schnell zwei kleine Espressi, dazu stopfte er noch einige Vanillekipferl und Weihnachtskekse in sich hinein und schon begann er die riesige Schachtel mit einem Stanleymesser aufzuschneiden.
Der Verkäufer im Spielwarengeschäft hatte gemeint, dass es ein Leichtes sei, das Puppenhaus zusammenzuschrauben, und man dafür maxi-

mal eine halbe Stunde benötigen würde.
Da das Licht in der Küche ihres alten Hauses etwas schwach leuchtete, holte er sich noch einen Bauscheinwerfer und das passende Werkzeug aus der Garage, bevor er mit dem Zusammenbau des Holzhauses loslegte.

Robert erschrak, als er die Schachtel ganz öffnete und hunderte Kleinteile herausfielen.
Doch davon ließ er sich erst mal nicht entmutigen. Voll motiviert steckte er den Bauscheinwerfer an, schaltete das Radio ein, um mit den „schönsten Weihnachtslieder auf Radio Wien" in Weihnachtsstimmung zu kommen und legte mit seinen Bauarbeiten los. Plötzlich ein leiser Knall. Der Faden der dünnen Glasleuchtröhre des Bauscheinwerfers war gerissen, die Röhre war schwarz. Er wusste, dass er noch einige Ersatzröhren in der Garage hatte, doch davon gab es verschiedene Größen. So schraubte er den Glasdeckel des Scheinwerfers ab und griff zur Röhre, um diese herauszudrehen. Da ging ein Schrei durch ganz Sievering. Robert war mit drei Fingern seiner rechten Hand auf der noch immer brennend heißen Röhre kleben geblieben. Angela lief vom Wohnzimmer, wo sie gerade am Baumschmücken war, schnell in die Küche, um nach Robert zu sehen. Sie holte sofort eine Brandsalbe und Robert hielt die Hand unters kalte Wasser, er musste zusehen, wie drei Finger seiner rechten Hand anschwollen. Sie sahen aus wie Frankfurter Würstel. Vor allem am Zeigefinger seiner Arbeitshand wuchs eine Brandblase, so groß wie eine Hubba-Bubba-Kaugummiblase im Werbefernsehen der 1980er Jahre. Sie brannte und schmerzte fürchterlich. An die halbstündige Bauausführung des Verkäufers war vorerst

nicht zu denken. Auch mit zwei gesunden Händen hätte er dies niemals schaffen können. Dabei entsann er sich der Worte des Verkäufers, der höchstwahrscheinlich die 30 Minuten Arbeitszeit pro Stockwerk des Puppenhauses berechnet hatte – es gab fünf davon.

Nach einem weiteren Espresso und mit verbundenen Fingern startete Robert den zweiten Anlauf. Mühsam ging der Bau voran.

Mit seiner linken Hand war er nicht sehr geschickt und so sah der erste Stock des Hauses wie ein Kartenhaus aus, das kurz vor dem Einsturz stand. Wie sollte er auf dieses Fundament noch vier Stockwerke bauen? Er war verzweifelt, verkatert, übermüdet und auch zornig über sich und das ganze Weihnachten.

Als dann auch noch zur Mittagszeit aus dem Radiogerät „Eine Stunde mit Robert Parisek und seinen schönsten Weihnachtsliedern“ erklang, es war ein Interview, das er Anfang Dezember bei Radio Wien aufgenommen hatte, flippte er völlig aus. Seine Stimme klang süßlich weich und schleimig über den Äther. Anmoderationen wie „Für den schönsten Tag im Jahr und für alle, die schon ganz ungeduldig auf das Christkind warten, gibts jetzt die Backstreet Boys mit ‚Christmas Time‘!“ Robert stürmte zum Radio und riss den Stecker aus der Dose.

„Na geh, warum schaltest du das Radio ab, ich möchte so gern deine Moderation hören und deine Lieblingssongs, die du ausgewählt hast!?“, erklang Angelas Stimme aus dem Wohnzimmer. Doch Robert antwortete ihr nicht, schraubte am Puppenhaus weiter und versuchte sich zu beruhigen.

Angela kam in die Küche, um nachzusehen, was mit ihrem Lieben los war. Da saß er vor dem Puppenhaus, er sah aus wie ein kleines Kind, das weinte, weil irgendjemand sein Holzpuppenhaus zerstört hatte.

Sie hielten kurz inne, blickten sich beide an, Angela setzte sich zu ihrem Mann und umarmte ihn.
„Soll ich dir beim Bau helfen?“, fragte Angela, während sie wieder das Radio einschaltete, um ihren Mann zu hören, der in diesem Moment „Last Christmas“ anmoderierte – das Lieblingsweihnachtslied der beiden. Robert blickte Angela tief in die Augen, sie umarmten und küssten sich. Der Song erinnerte die beiden an die Zeit, als sie sich kennengelernt hatten. Sie begannen, laut den Text mitzusingen und freuten sich nun sehr auf das Fest mit ihren Kindern und ihren Eltern.

Die gute Stimmung wurde jäh unterbrochen von Angelas kleinem Sony-Ericson-Mobiltelefon. Es läutete immer lauter werdend aus der Küche mit ihrem Lieblingsklingelton „You are my heart, you are my soul“. Ihre beste Freundin Ingrid war am Telefon und teilte ihr weinerlich mit, dass ihr Mann völlig ausgerastet sei und den bereits geschmückten Weihnachtsbaum über den Balkon aus dem zweiten Stock geworfen habe. Angela fragte nach, warum er das getan habe. Und Ingrid erzählte ihr die ganze Geschichte, vom schönen Abend mit ihrem Erwin, dem Kauf des Baumes, bis hin zum Uringestank in ihrem Wohnzimmer und dem anschließenden Baum-Rauswurf über den Balkon ihrer Wohnung. Wie sie den Heiligen Abend feiern würden, das wisse sie noch nicht genau, aber jedenfalls ohne Baum. Und da Erwin so cholerisch die Wohnung verlassen habe, hoffe sie, dass er bald wieder nach Hause zurückkommen würde. Angela erzählte auch ihre Geschichte und hoffte auf ein baldiges Wiedersehen mit Ingrid, um ihr ihre Hoppalas der letzten zwei Tage ausführlich erzählen zu können.
(Ob und wie Erwin den Heiligen Abend verbrachte, die ganze Geschichte

finden Sie im Kapitel „Die Kaufmanns“)
Es war bereits 15 Uhr, als Robert, mit sich sehr zufrieden und stolz, das rote Holzdach endlich auf das Puppenhaus setzte. Es war vollbracht. Sein selbst zusammengebautes Haus stand zwar etwas wackelig da, doch war er glücklich, es unter diesen Umständen geschafft zu haben. Neben dem bereits wunderbar geschmückten Weihnachtsbaum sah es zwar aus wie eine Holzscheune neben einer Herrschaftsvilla, doch Robert war stolz auf sein Werk.
Kurz darauf läutete es schon an der Tür. Die Kinder liefen schreiend durch den Flur in die Küche, in die offenen Arme ihrer Mutter, die sie ganz fest zu sich drückte. Robert empfing seine Schwiegereltern mit einem Glas Sekt, anschließend küsste er seine Kinder und fragte sie, ob sie schon das Christkind gesehen hätten. Die schrien ganz laut: „Jaaa, beim Opa im Garten haben wir es schon gesehen!“ – „Das glaub ich euch nicht, und bitte schreit nicht so laut, sonst verschreckt ihr es noch“, grummelte Robert. „Ich denke, es ist schon ganz in unserer Nähe“, sagte Angela mit sanfter Stimme und lächelnd zu ihren Kindern, die daraufhin gleich zum Küchenfenster rannten und in den Garten hinausschauten.
Der Schwiegervater bat Robert flüsternd, ihm zu helfen, die Geschenke aus dem Auto zu holen, während er die Kids ein wenig ablenken würde. Auch die sechs Flaschen Bordeaux Chateau Marquis (de Therme Margaux) sollte er gleich mitnehmen.

Heimlich holte Robert viele kleine Pakete aus dem Auto, schummelte sie an der Küchentüre vorbei und legte sie im Wohnzimmer unter dem Baum ab.

Da noch ein riesiges Geschenkpaket im Kofferraum lag, musste er sich nochmals an seiner Familie, die sich alle in der Küche versammelt hatten, vorbeischleichen, um es noch ins Wohnzimmer zu bringen. Auch das schaffte er unbemerkt, da die Kinder mit Christkindlschauen beschäftigt waren. Unhandlich und klobig war dieses Riesending, eingepackt in ein rosafarbiges, leuchtend-glitzerndes Geschenkpapier. Die Spannweite seiner Arme reichte kaum aus, das Paket zu tragen. Die verbundenen Finger taten den Rest, doch er schaffte es abermals, an der verglasten Küchentüre leise vorbeizuschleichen, ohne gesehen zu werden. Langsam war es soweit. Die Kinder konnten es schon spüren: Das Christkind war im Anflug auf Wien-Sievering. Wie jedes Jahr, kurz bevor die Glocke läutete, verschwand Robert mit dem Vorwand: „Ich muss noch Holz aus dem Garten holen, damit wir's den ganzen Abend wohlig warm haben. Hoffentlich kommt in der Zwischenzeit nicht das Christkind!" Das Holz hatte er schon längst vorbereitet, er schlich sich über die nicht versperrte Terrassentüre zurück ins Wohnzimmer, zündete die Kerzen und die Sternensprüher an, läutete die Glocke und verschwand über den gleichen Weg. Er kam dann mit dem Holztragerl wieder zurück ins Wohnzimmer, wo bereits die ganze Familie mit leuchtend großen Augen vor dem Baum stand und Robert seinen obligatorischen Satz von sich gab: „Das gibt's doch nicht, ich war doch nur kurz Holz holen und genau da kommt das Christkind! Habt ihr es gesehen?" Der Schwiegervater zeigte ihm Daumen hoch und die Schwiegermutter konnte ihre Tränen kaum unterdrücken, so gerührt war sie, mit ihrer Familie Weihnachten zu feiern.

Bevor sich die Kids an die Geschenke machen durften, stimmte die Familie noch „Stille Nacht, heilige Nacht" an und noch bevor die Zeile

„Schlaf in himmlischer Ruh" wiederholt wurde, stürzten die Kids schon auf die bunten Pakete los. Die Tochter sah nur das riesige rosafarbige, leuchtend-glitzernde Geschenk. Es überragte alle anderen Geschenke und war ungefähr so groß wie sie selbst. Ganz vorsichtig enthüllte sie die sich darin befindliche Schachtel – es war ein supermodernes Puppenhaus aus Plastik, mit echten Lichtern, einem elektrischen Aufzug, auf jeder Ebene ein Badezimmer, inklusive Badewanne und mit den dazugehörigen Puppen. Sie strahlte übers ganze Gesicht und bedankte sich Richtung Plafond blickend beim Christkind.

Roberts Enttäuschung war ihm anzusehen. Sein selbst zusammengebautes, nicht in Geschenkpapier gepacktes Holzpuppenhaus blieb unbeachtet von seiner Tochter hinter dem Christbaum stehen.
Da kam plötzlich die Kleine zu ihm, setzte sich auf seinen Schoß und fragte ihn: „Du, Papa, was ist denn mit der schönen alten Holzkrippe mit dem roten Dach, die da hinterm Christbaum steht? Wem gehört denn die? Darf ich mit der auch spielen? Meine Puppen würden sich sehr darüber freuen, eine eigene Holzkrippe zu haben, in der sie auch schlafen dürfen."
Roberts Augen wurden leicht wässrig und glasig. Wie eine Holzkrippe sah sein Puppenhaus zwar nicht aus, dachte er, aber egal, wenn seine Tochter es so sah, dann war es auch gut für ihn.
Er drückte seine Familie und bedankte sich bei ihnen. Noch bevor er mit seiner kleinen Weihnachtsrede beginnen konnte, bei der er jedes Jahr sehr sentimental wurde, servierte Angela den Truthahn, schenkte guten burgenländischen Rotwein in den Dekanter und wünschte allen kurz und liebevoll: „Frohe Weihnachten und lasst es euch gut schmecken!"

Robert versuchte erneut zu seiner Rede anzusetzen, doch da unterbrach ihn seine Schwiegermutter: „Wieso trinken wir burgenländischen Rotwein? Ich hab euch doch den Bordeaux CHATEAU MARQUIS DE THERME MARGAUX aus dem Jahr 1988 geschenkt, dem Jahr, in dem ihr euch kennengelernt habt! Oder schlummert der noch im Dekanter und entfaltet da sein Bouquet? Hol' ihn bitte zu Tisch, Robert, der passt doch hervorragend zum Truthahn." Robert, der noch immer bei Tisch stand, wurde etwas rot im Gesicht und er setzte sich mit den Worten: „Liebe Schwiegermama, der Rotwein ist nicht im Dekanter, er ist, oder besser war, im Glühweinkessel der Badener Feuerwehr. Ich dachte, den hattest du für die Weihnachtsfeier der freiwilligen Feuerwehr hergerichtet!?" Bedrückende Stille machte sich von einer Sekunde auf die andere im Wohnzimmer breit. Alle Gefühlsausbrüche wären in diesem Moment möglich gewesen. Wieder Erwarten bekam die Oma einen Lachanfall und schüttelte ihren Kopf mit den Worten: „Ich hoff, die haben den teuren Glühwein am Dorfplatz genossen und nein, Opa, ich sag dir nicht was der Bordeaux gekostet hat. Wir wollen den Abend noch friedvoll genießen und in Ruhe mit der Familie feiern. Und übrigens euer Rotwein aus dem Burgenland schmeckt sehr delikat."
Nach dem Essen und als die Kinder schon im Bett waren, genossen die Erwachsenen noch die Wärme des gemütlichen Kaminfeuers. Nach der vierten Flasche guten burgenländischen Rotweins, durfte nun Robert seine Sentimentalitäten los werden. Die beiden Frauen zogen sich langsam in ihre Schlafzimmer zurück, der Schwiegervater stieg auf Asbach Uralt um und tat so, als würde er seinem Schwiegersohn andächtig zuhören.

MARIE

Eine Geschichte, die sich so oder so ähnlich rund um den 24. Dezember 1979 im 14. Wiener Gemeindebezirk - Penzing, ereignete.

PENZING
14. Wiener Gemeindebezirk
Fläche: 33,82 km²
Einwohner: 92.989
(1. Jänner 2022)

Vielen ist das Schloss Laudon in Hadersdorf im 14. Bezirk als Hochzeitslocation bekannt. Das auf einer Insel in einem Teich liegende barocke Schloss umfasst 2700 Quadratmeter, die dazugehörige Schlossanlage ist 84.000 Quadratmeter groß.
In seiner Geschichte wurde das Schloss mehrmals stark beschädigt aber immer wieder aufgebaut. Im 18. Jahrhundert wurde es schließlich als frühbarockes Wasserschloss neu errichtet. 1776 kaufte es Feldmarschall Ernst Gideon von Laudon, ein Vertrauter der Kaiserin Maria Theresia.

Bis 1925 blieb es im Besitz seiner Familie – und diese prägt bis heute den Namen des Schlosses.
Dann wurde das Schloss von einem Industriellen gekauft und 1938 „arisiert“, später von der sowjetischen Besatzungsmacht okkupiert. Sein neuer Eigentümer, ein Konsul, renovierte es und betrieb hier bis 1973 ein Luxushotel. Davon zeugen heute noch alte Tennisplätze und der ehemalige Pool. Im ausgebauten Dachgeschoß befinden sich zudem 18 ehemalige Hotelzimmer mit Bädern.
Der Konsul war ab dem Jahre 1973 kaum mehr vor Ort. Er bewohnte ein kleineres Schloss in Süddeutschland, wo er sich das ganze Jahr über aufhielt. Nur selten besuchte er die Familie Dijon, die das Wasserschloss für ihn bewirtschaftete. Herr Alfons Dijon war der Forstaufseher und auch für die Jagd zuständig am Anwesen, er war handwerklich sehr geschickt und hielt das große Areal recht gut in Schuss. Frau Elisabeth Dijon war Künstlerin. Sie schuf wunderbare Skulpturen und malte fabelhafte Bilder im Stile des phantastischen Realismus. Tochter Marie war ein sehr besonderes kleines Wesen. Mit Feen, Kobolden, Gnomen und Engel zu plaudern war für die kleine vierjährige Marie ganz normal. Und dann gab es noch den Jagdhund „Alonso von und zu Laudon“. Ein Promenadenmischling, den die Dijons aus dem Tierschutzheim bei sich aufgenommen hatten. Alfons Dijon konnte sehr gut mit Tieren umgehen und so bildete er den Hund zum Jagdhund aus. Das Herz hatte Alonso vom Labrador, seine Schnelligkeit scheinbar von einem Rhodesian Ridgeback oder einem Dobermann und den Jagdinstinkt eindeutig von einem Deutschen Kurzhaar. Ein sehr aufmerksamer, kluger junger Hund, mit kurzem, schwarzem Fell.
Marie bewohnte mit ihren Eltern einen ganzen Trakt im Wasserschloss

Laudon in Wien-Penzing. Da der Besitzer sie nur ganz selten besuchte und dort übernachtete, war das ganze Schlossareal ihr Zuhause. Marie kannte sich im Schloss sehr gut aus. Das wusste der Konsul auch und hatte überhaupt nichts dagegen, wenn sich die kleine Marie in den vielen Räumlichkeiten wohlfühlte. Eigene Kinder hatte er leider keine, so liebte und schätze er die Kleine so, als wäre sie seine eigene Tochter. Marie sah aus wie das Mädchen, welches von Roald Dahl in seinem Buch „Matilda"aus dem Jahre 1988 beschrieben wurde und das Danny DeVito sogar verfilmt hat. Wer weiß, vielleicht waren die beiden mal im Schloss Laudon vom Konsul geladen gewesen und sahen die kleine Marie und ließen sich von ihr inspirieren. Ganz so abwegig war das nicht, denn es kamen immer wieder gerne große Künstler auf Besuch ins Schloss. Freunde der Familie waren Ernst Fuchser, Gottfried Heldenwein oder auch Friedensreich Tausendwasser, sie besuchten die Familie Dijon regelmäßig. Die Künstler standen oft stundenlang im Atelier vor Elisabeths Kunstwerken und sprachen eine Sprache, die die kleine Marie nicht verstehen konnte. Aber sie spürte die positive Energie, die sich im Atelier ihrer Mutter verbreitete und das fühlte sich sehr gut an. Elisabeth Dijon legte großen Wert auf Maries Aussehen und auch auf ihre Kleidung, als wäre sie eine Prinzessin. Mit ihrem Pagenkopf, dem roten Kleidchen, der weißen Strumpfhose, der weißen Schleife in ihren Haaren und den großen Augen, lauschte sie den Künstlergesprächen oft stundenlang, bevor sie ganz sanft am Schoß ihrer Mutter einschlief. Die Künstlerin brachte die Kleine dann in ihr wunderbares Zimmer im ersten Stock, der Belletage des Schlosses. An der hinteren Wand, in der Mitte von Maries Zimmer, stand ihr Himmelbett, vor einer über die ganze Wand verlaufenden Pfauentapete aus dem 19. Jahrhundert. Beim Eingang, in der Ecke des Raumes, heizte ein barocker weißer Kachelofen ihr Zimmer und machte es wohlig warm. Die hohen Decken waren mit Stuck verziert, und wenn sie in der Früh munter wurde und sich in ihrem Bett aufsetzte, blickte Marie über den Balkon in den Wald hinter dem Schloss. So konnte sie durch die sehr schöne geschwungene Steinbalustrade den Sonnenaufgang bewundern. Vor Weihnachten lachte die Wintersonne nur sehr selten in ihr Zimmer, weil sie es auch kaum über die hohen Bäume schaffte. Doch wenn die Sonne in der Früh durch die Wipfel durchblinzelte, an einem der kalten Dezembertage, war es für sie wie ein Naturschauspiel. So wie die Eisblumen an ihrem Fenstern sie täglich aufs Neue faszinierten. Marie ging dann auf ihren Balkon und begrüßte die Sonne und natürlich ihre Fabelwesen, die sich vor Weihnachten sehr oft zeigten. Sie gab den Wesen Namen. Zu ihren besten Freunden zählte die Waldfee Emalix, der Gnom Amasel, die Elfe Elfinia, der Kobold Infisi und der Engel Mayastea. Ihre Freunde gaben Marie auch einen anderen Namen, sie meinten, dass jeder seinen eigenen Namen hätte, es gäbe niemals den gleichen Namen zweimal, man müsste ihn nur lesen können. Jeder Mensch sei einzigartig und so könne es gar nicht sein, dass so viele Menschen den gleichen Namen hätten. Doch die Menschheit habe es verlernt, ihre Namen und ihre eigenen Melodien zu erkennen. So gaben sie ihr den Namen Anadroia.

Wenn Marie mit ihren Wesen sprach, war das für ihre Familie ganz normal. Oft erzählte die Kleine ihrer Mutter Geschichten, die sie mit ihren Freunden erlebt hatte, und sie sangen dann gemeinsam ihre Melodien. Auch Mama Elisabeth fand mit Hilfe ihrer Tochter ihre eigene Melodie. Die beiden Lieder passten wunderbar zusammen und manch-

mal fügten sie auch einen Text dazu. Die Texte waren sehr einfach und harmonierten immer mit ihren Melodien.
Einer ihrer Lieblingstexte war:
Jeden Tag kannst du ein Held sein, wenn du es wirklich, wirklich willst. Kannst überall auf dieser Welt sein – meine Welt wird sich immer weiterdrehen , meine Welt bleibt niemals stehen!
Emalix, Amasel, Elfinia, Infisi und Mayastea, ihr seid immer bei mir, ihr verlasst mich nie, seid real und Fantasie!
Dann fügte ihre Mama hinzu:
Als schwarzer Ritter, auf einem weißen Pferd, schlägst du die größten Drachen, denn deine Worte sind dein Schwert!
Jeden Tag kannst du ein Held sein, wenn du es wirklich, wirklich willst. Kannst überall auf dieser Welt sein – deine Welt wird sich immer weiterdrehen, deine Welt bleibt niemals stehen!
Marie konnte beide ihrer Welten sehr gut verbinden. Sie fühlte sich in der „realen" Welt genau so wohl wie in ihrer eigenen, „fantastischen" Welt. Nichts war für sie ein Problem, sie freute sich auf jeden Tag und genoss jeden Augenblick. Wenn sie schlafen ging, ließ sie ihr Erlebtes vom Tag noch einmal wie einen Film ablaufen und schlief dann glücklich und mit einem Lächeln auf den Lippen ein.
Als Marie drei Jahre alt war, sollte sie in einen Kindergarten gehen. Dort verstand man sie nicht und man tat ihr unrecht. Die Pädagoginnen akzeptierten ihre „Freunde" nicht, sagten zur kleinen Marie, dass es solche Fabelwesen nicht wirklich gebe, und teilten dies auch ihren Eltern mit. Daraufhin überließen Alfons und Elisabeth den Kindergartenplatz ihrer Tochter einem anderen Kind und fanden einen geeigneten Platz für die wunderbare Marie in einem Waldkindergarten ganz in

ihrer Nähe. Dort akzeptierten die Pädagoginnen ihre Fabelwesen und Marie war sehr glücklich, jeden Tag ein paar Stunden da verbringen zu dürfen. Die Menschen in dem anderen Kindergarten taten ihr richtig leid, da sie keinen Zugang in die fantastische Welt zu ihren Freunden hatten.

An einem dieser sonnigen klaren Dezembertage, kurz vor Weihnachten, der Wald war leicht verschneit und glitzerte im Sonnenschein, fragte Alfons seine Tochter, ob sie ihn auf dem Rundgang durch sein Revier begleiten wolle. Marie sprang vor Freude in die Luft und strahlte über ihr ganzes Gesicht. Er richtete die Holzrodel mit integrierter Rückenlehne her, legte Alonso von und zu Laudon sein Brustgeschirr an, zog sich seine dicken Jagdstiefel über, packte Marie in ihr wärmstes Wintergewand und setzte sie auf die Rodel. Alfons musste Alonso beruhigen, der vor lauter Aufregung und Freude genau so umhersprang wie zuerst Marie. In diesem Gemütszustand würde er die Rodel so stark ziehen, dass Marie rausfallen könnte. Das wollte er natürlich vermeiden und wies seinen Hund an, vorsichtig zu sein, denn er hatte sehr „kostbares Gut" im Schlepptau. Dann stapften sie los. Alfons vorne weg mit dem Gewehr um seine Schulter gelegt, dahinter Alonso die Rodel ziehend und darauf die kleine Marie, die stolz und grinsend auf der Rodel warm eingepackt saß und sich wie auf einer königliche Kutsche fühlte. Nach etwa zwanzig Minuten Fußmarsch rief Marie plötzlich: „Halt, stopp! Wir müssen hier rechts, den schmalen Pfad in den Wald hinein!" „Wieso sollten wir die Hauptroute verlassen?", beugte sich ihr Vater fragend zu ihr. „Ich habe ein Reh leidend um Hilfe rufen gehört und Emalix die Waldfee, die uns schon den ganzen Weg über begleitet, hat es sogar gesehen. Es liegt da hinten im Unterholz und wird sterben, wenn wir es nicht retten", antwortete Marie ihrem Vater. Er war doch gestern noch im Revier gewesen, da hätte doch sicherlich Alonso angeschlagen, dachte er. Auch jetzt meldete der Hund keine Spur von einem verletzten Tier. Der Vater ging trotzdem ein paar Schritte den schmalen Pfad entlang und wirklich, da lag das verletzte Reh, das sich blutend in das Unterholz geschleppt hatte. An den Hinterbeinen waren Bisswunden zu sehen. Wahrscheinlich von einem freilaufenden Hund, stellte der erfahrene Jäger fest. Nicht alle Menschen leinen ihren Hund im Wald an und so passiert es immer wieder, dass freilaufende Hunde ihren Jagdtrieb im Wald ausleben. Diese Hunde erscheinen sehr friedlich in ihren Behausungen, doch meistens sind das nur kleinen Wohnungen, in denen sie leben, und in den Wohngebieten müssen sie ihren Jagdtrieb unterdrücken. Doch im Wald verspüren sie ihre Naturinstinkte und hetzen dann die dort lebenden Tiere – meist aus Spaß an der Sache. Doch für viele Wildtiere endet dies oft tödlich.

Alfons zog das verletzte Tier aus dem Unterholz und hob das noch sehr junge Reh auf seine Schultern. „Ich glaube nicht, dass es überleben wird. Wir werden versuchen, es bei uns im Schloss wieder aufzupäppeln, doch die Chancen, dass wir es durchbringen, stehen nicht sehr gut“, gab er Marie zu erkennen.
„Ich glaub schon, dass es das Reh schaffen wird. Ich wünsch mir das als Weihnachtsgeschenk“, lachte Marie ihren Vater entgegen, der bereits keuchend neben ihr im Schnee stapfte, mit dem schwachen Tier auf seinen Schultern.
Zu Hause angekommen kümmerte sich Elisabeth sofort um das junge Wild. Sie versorgte die Wunden mit Kamillentee und legte einen Verband darüber. Marie kümmerte sich währenddessen rührend um das verletzte Tier und sprach auch mit dem jungen Reh, das sich kaum mehr bewegte. Es nahm nur ganz wenig Nahrung zu sich und trank nur ein paar Tropfen Wasser. Alfons gab die Hoffnung auf. Marie hingegen war weiterhin motiviert, es am Leben zu erhalten. Sie fragte auch Emalix um Rat und die sagte ihr, dass doch morgen Heiliger Abend sei. „Ja ich weiß, aber was hat das mit unserem kranken Reh zu tun?“
„Am 24. Dezember ist doch die erste Rauhnacht im Jahreszyklus und die nächsten zwölf darauf folgenden Nächte gehören auch dazu. Deshalb riecht es auch immer so wunderbar nach Kräutern bei euch an Heiligabend. Deine Eltern räuchern die schlechte Energie, die sich im Laufe des Jahres im Schloss angesammelt hat, aus und bringen mit der Kräutermischung deiner Mutter gute und wohltuende Energie in die

Räume zurück. In denen lebt ihr ja schließlich. Doch noch wichtiger an dieser Rauhnacht ist: Am 24. Dezember könnt ihr Menschen mit den Tieren sprechen." – „Das kann ich doch so auch", erwiderte Marie. „Ja, aber da das Reh so schwer verwundet ist, kann es dich nicht hören. Morgen ist eine ganz besondere Nacht, und ich denke, da können wir dem Reh enorm viel frische Energie einhauchen, so wird es schnell wieder zu Kräften kommen." – „Ja, das machen wir, gib auch den anderen Bescheid. Amasel, Elfinia, Infisi und Mayastea müssen unbedingt dabei sein!" Anadroia war nun sehr zuversichtlich, dass das junge Reh bald wieder in den Wald zu seinesgleichen zurückkehren würde können, und freute sich schon auf den Heiligen Abend.
Am Vormittag des 24. Dezember holten Elisabeth und Alfons einen kleinen Nadelbaum aus dem Wald hinterm Schloss und schmückten ihn mit ganz einfachem, selbstgebasteltem, natürlichem Schmuck. Da hingen Tannenzapfen, getrocknete Früchte, Hagebutten und auf der Spitze des Baumes brachten sie noch einen Strohstern an. Sie klippten ein paar Bienenwachskerzen auf die Äste, die den Baum duftend zum Strahlen brachten und stellten ihn im großen Festsaal des Schlosses auf. Auch das Reh lag im großen Saal auf einer flauschigen warmen Decke, die eigentlich Alonso gehörte, gleich beim Kamin.
Die Bescherung am Abend war für Marie nicht so wichtig. Außerdem wusste sie schon genau, was in den verschiedenen Packerln war. Sie hatte ganz heimlich jedes einzelne Packet, das ihre Mutter im großen Schlafzimmerschrank versteckt hatte, geöffnet, hatte hinein geschaut und es fein säuberlich wieder verpackt, so dass niemand etwas bemerkte.
Am Abend bei der Bescherung sagte sie zu ihrem Vater, bevor er seine Geschenke öffnen konnte: „Ich weiß, was da drinnen ist." Er war sehr

erstaunt und dachte, dass seine Tochter übersinnliche Fähigkeiten hätte, als genau das in den Paketen war, was seine kleine Tochter vorhergesagt hatte. Marie behielt ihr Geheimnis für sich. Ihre Mutter dachte, dass sie sie beobachtet hätte, als sie die Geschenke eingepackt hatte. Maries Geschenk an ihre Eltern waren ein paar leuchtend bunte Sterne. Dazu kletterte sie während des Abendessens auf den großen Holztisch, der in der Mitte des Festsaales stand, stellte sich auf die Zehenspitzen, streckte ihre Arme aus und griff in die Höhe in Richtung Plafond. Ganz vorsichtig holte sie ein paar dieser wunderbar funkelnden Sterne herunter und übergab sie ihren Eltern, so als wären sie ganz zerbrechlich und ganz besonders wertvoll. Die Sterne sah freilich nur Marie, aber ihre Eltern ließen sich das nicht anmerken und bedankten sich bei ihr herzlich, indem sie ihre kleine Marie an sich drückten und küssten. Es war schon spät geworden, im Festsaal des Schlosses loderte noch der offene Kamin und endlich kamen ihre Freunde, auf die sie schon den ganzen Abend gewartet hatte. Sie waren alle gekommen, die Waldfee Emalix, der Gnom Amasel, die Elfe Elfinia, der Kobold Infisi und sogar der Engel Mayastea. „Dass du, Mayastea, auch gekommen bist, freut mich besonders. Ihr müsst mir helfen, dem Reh geht es gar nicht gut“, bat Marie ihre Freunde. Der Saal war gemütlich abgedunkelt, nur Kerzen erhellten ihn. Im Feuerschein des Kamins sah man die Umrisse des Rehs, das auf der Decke lag.

Maries Eltern saßen noch bei Tisch, tranken eine Flasche Prosecco und unterhielten sich fröhlich. Es war die erste Rauhnacht des Jahres und plötzlich verstand Marie, was das Reh ihr zu sagen hatte: „Ihr seid eine sehr liebe Familie, ich möchte mich bei euch bedanken, was ihr für mich tut, ist so herzlich. Der Kamillentee und der Brei deiner Mutter haben mir das Leben gerettet. Doch bräuchte ich noch etwas frisches Moos, das findet ihr unter der Schneedecke im Wald, damit ich richtig zu Kräften kommen kann.“ Als das Reh zu Anadroia sprach, war ein leichter heller Schein im Raum zu sehen, und ihre Freunde strahlten ebenso. „Wieso leuchtet ihr so stark, so hab ich euch noch nie gesehen?“, fragte Marie ihre Wesen. Die antworteten ihr: „Auch du, Anadroia, strahltest gerade eben so stark, als du mit dem jungen Reh geplaudert hast. Du wirst sehen, in ein paar Tagen kann das Tier wieder in den Wald zurück und wird sich da auch selbst ernähren können.“

Am nächsten Morgen brachte Marie dem Reh Moos aus dem Wald und es schmeckte dem Tier vorzüglich. Maries Vater fragte sie, woher sie denn gewusst hatte, dass das Wild Moos benötigte. Marie antwortete ihm: „Das müsstest du doch wissen, Papa. Gestern war eine ganz besondere Nacht, da konnte man doch mit den Tieren sprechen. Und als Mama und du Wein genossen habt, habe ich mit dem Reh gesprochen, da sagte es mir, dass es dringend frisches Moos brauchen würde, um wieder auf die Beine zu kommen.“ Genau in diesem Moment stand das Wildtier, das hinter ihnen gelegen war, auf und machte die ersten noch sehr zittrigen Schritte, nach so vielen Tagen des Liegens.

Es dauerte nicht lange, da zeigte es schon an, dass es wieder zurück in den Wald wollte. Man konnte regelrecht zusehen, wie die zerbissenen Beine in kürzester Zeit heilten. Vater Alfons sprach von einem Wunder. Marie sammelte jeden Tag frisches Moos für das Tier und nur zwei Tage nach Heiligabend, am Stefanitag, kehrte das Tier zurück in den Wald. Es drehte sich noch einmal um, bevor es im Dickicht verschwand, als wollte es Danke sagen. Marie war etwas traurig, als das Reh in den Wald zurückkehrte, aber die Freude überwog natürlich, dass es am Le-

ben war und wieder völlig gesund.
Am letzten Tag der Rauhnächte, am 6. Jänner, bellte Alonso von und zu Laudon sehr ungewöhnlich lange anhaltend, aber nicht aggressiv. Die Familie dachte, es seien die Sternsinger, die er meldete, doch für deren Besuch wäre es noch sehr früh. Wie jedes Jahr würden sie doch ihr Ständchen an der Schlosstüre für erst gegen mittags von sich geben. Marie erkannte sofort, aus welcher Richtung das Bellen kam. Es war eindeutig aus dem Schlossgarten gekommen. Sie lief zum Balkonfenster und schaute hinunter. Da stand plötzlich das Reh und blickte hinauf zu Marie. Alonso stellte sein Bellen unverzüglich ein. Er erkannte das Reh auch, mit dem er schließlich einige Tage im Festsaal des Schlosses verbracht hatte, und das sogar auf seiner Decke geschlafen hatte.
Marie öffnete ihre Balkontüre und vernahm die leise Stimme von ihrem lieben Wildtier: „Ich danke dir, deinen lieben Eltern, all deinen Freunden und natürlich der Waldfee vom ganzen Herzen. Was ihr für mich getan habt, soll euch ganz viel Liebe und Glück bescheren. Und du sollst deine Gabe, mit den Fabelwesen und mit uns Wildtieren plaudern zu können, dein ganzes Leben lang behalten und niemals verlieren."
Es war nur ein kurzer Aufenthalt, doch der war sehr intensiv. Marie stand ganz versteinert da und blickte das Tier geistesabwesend an, sie sah noch kurz ein Funkeln und viele Farben aufblitzen, da, wo das Reh in den Wald schlüpfte, und dann war es zwischen den Bäumen verschwunden. Es war, als hätte sie das nur geträumt. Brachte sie gar ihre Fantasiewelt und die reale Welt durcheinander? Nein, denn in ihrem ganzen Körper und in ihrem Herzen verspürte sie noch die angenehmen Schwingungen des Gespräches mit dem Reh. Alonso saß auf der Schlossterrasse und drehte ganz verwundert seinen Kopf einmal nach

links und dann wieder nach rechts. Er bellte einmal noch kurz auf und ging anschließend in den Salon des Schlosses, legte sich neben den Kamin und wartete auf sein Herrchen, um mit ihm, wie jeden Tag, wieder ins Revier zu gehen.

Marie fand neue Freunde im Waldkindergarten, mit denen sie durch die ehemaligen Gästezimmer des Schlosses im obersten Stock herumtollte. Emalix, Amasel, Elfinia, Infisi und Mayastea blieben immer an ihrer Seite.
Maries Mama, die in der Etage darunter ihr Atelier hatte, dachte, es hört sich so an, als seien da oben viele kleine Schlossgespenster unterwegs. Und so ließ sich Elisabeth in ihren kreativen Arbeiten von den kleinen Gespenstern im Schloss inspirieren. Wenn man ihre Bilder lange genug betrachtet, erkennt man auch Maries Fabelwesen darin, die sie ihrer Mama genau beschrieben hat!

Frohe Weihnachten, ein freudiges und friedliches neues Jahr und mögen Ihre Wesen, die Sie schon als Kind gesehen haben, nie verschwinden, oder aber auch neu entdeckt werden.

DER WEIHNACHTSSTERN AUS HERNALS

Eine Gedicht, das ein Weihnachtsstern so oder so ähnlich rund um den 24. Dezember im Jahre 1991 in Wien-Hernals, dem 17. Wiener Gemeindebezirk, seinen Besitzern, einem älteren Ehepaar zugeflüstert hat.

HERNALS
17. Wiener Gemeindebezirk
Fläche: 11,35 km^2
Einwohner: 56.014
(1. Jänner 2022)

Ich bin's – euer roter Weihnachtsstern
Der euch sagt: Ich hab' euch gern.
Ich steh' auf eurer Fensterbank, mitten in Hernals in einem
wunderschönen Jahrhundertwendehaus – erbaut vor 150 Jahren,
Und schau dort aus dem Fenster raus.

Auch wenn ich nicht blühe,
Ist es so, dass ich mich bemühe,
Euch zu sagen, dass es die Liebe ist, die zöht.
Liebe ist alles auf unserer Wöd.

Macht euch bereit für eine wunderbare neue Zeit,
In der die Liebe zöht, mehr als das schnöde Göd.
Wo ihr nicht mehr des ganze Jahr irgendetwas hinterherrennt,
Wo ihr die Liebe spürt, wie sie tief in eurem Herzen brennt.

Wie ein sechster Sinn
ist sie in jedem von uns drin.
Mit ein bisschen Übung und Zwischenmenschlichkeit
Steht sie für jeden von uns und zu jeder Stund bereit –

Und das nicht nur zur Weihnachtszeit!
Ich bin's euer roter Weihnachtsstern.
Neben mir steht mein weißer Bruder
Und auch der, der hat euch gern!

DRITTES GARDEBATAILLON UND DIE PONYS DER GARDEMUSIK

Eine Geschichte, die sich so oder so ähnlich rund um den 24. Dezember 1988 in der Maria-Theresien-Kaserne, im 13. Wiener Gemeindebezirk-Hietzing, ereignete.

HIETZING
13. Wiener Gemeindebezirk
Fläche: 37,7 km²
Einwohner: 53.959
(1. Jänner 2022)

„Grau in grau wohin man schaut ...", sang Wolfgang Ambros in seinem Hit „Tagwache" und grau in grau war auch die Stimmung der Wehrmänner, die am Heiligen Abend 1988 in der Maria-Theresien-Kaserne in Wien-Hietzing ihren Dienst zu versehen hatten. Der nasse Kasernenasphalt spiegelte das Grau der Gesichter der jungen Männer, die ein völlig frustrierter Brigadier zum Dienst mit der Waffe und mit großem Marschgepäck antreten ließ. Es dämmerte bereits, als sie sich beim Eingang der Kaserne versammelten. Einen Brigadier hatten sie bisher noch nie zu Gesicht bekommen. Was war passiert, dass ein so hoher Offizier am Heiligen Abend in die Kaserne kam und die ganze Bereitschaftstruppe mitsamt ihren Waffen antreten ließ?

Anfang Oktober 1988 folgte Michael Berschanek dem Einrückungsbefehl zum österreichischen Bundesheer. Er kam mit seinem Motorrad vor die Kaserne in Wien-Hietzing vorgefahren und meinte, dass er sich da nur kurz zu melden hätte, um anschließend gleich wieder heimfahren zu können.
Sein Plan war sehr naiv gedacht. Schnell war er in Richtung „Fetzenkammer" abkommandiert, um seine Uniform
auszufassen und kurz darauf saß er bereits auf einer Ladefläche eines Bundesheer-Lkws. Wohin die Reise ging, war ihm völlig unklar. Mit schwerem Marschgepäck, Stahlhelm, seinem Motorradhelm und einem kleinen privaten Rucksack ausgestattet, stiegen er und weitere elf junge Männer auf die kalte Ladefläche des Lastkraftwagens auf. Nach etwa eineinhalb Stunden Fahrzeit auf äußerst unbequemen und sehr harten Holzsitzbänken, hatten sie in der kleinen Ortschaft Kaisersteinbruch im Burgenland ihr Ziel erreicht.

Michael wollte eigentlich nicht im Österreichischen Bundesheer dienen, er wollte Zivildienst leisten. Doch dazu, so teilte man ihm bei der Musterung mit, müsse er seine Gewissensgründe – nicht beim Heer Dienst mit der Waffe versehen zu können –, bei einer Zivildienstkommission kundtun.

Das tat er dann auch. Doch die Kommission wies ihn mit den Worten ab: „Wehrmann Michael Berschanek ist wehrdienstfähig." Solche Männer wie ihn brauche das Österreichische Bundesheer: groß, stark, team- und belastungsfähig. Mit seiner Kondition und der Leistungszahl 9 wäre er sogar fliegertauglich. Es stünde ihm eine große Karriere beim Heer bevor. Genau das wollte er nicht und so musste er dem Einberufungsbefehl folgen.

Seinen zwanzigsten Geburtstag an diesem 3. Oktober 1988 hatte er sich anders vorgestellt: eingepfercht mit dreiundzwanzig anderen, ihm unbekannten jungen Männern, in einer brüchigen Holzbaracke mit zwölf Stockbetten, einem kaputten Fenster genau hinter seinem Stockbett und einem kleinen Holzofen darin. Er kam sich vor wie in einem Straflager, als hätte er ein Verbrechen begangen und müsste hier seine Strafe absitzen.
In der ersten Nacht war an Schlafen nicht zu denken. Die eine Hälfte der Männer schnarchte und die andere Hälfte sprach laut während sie schlief, manche von ihnen schrien sogar in der Nacht immer wieder laut auf. Die feuchte Kälte, die durch das zerbrochene Fenster schlich, tat ihr übriges.

Michael musste diesen Ort so schnell wie nur möglich wieder verlassen, aber wie sollte er das anstellen?
Er war rhetorisch schlagfertig und um Ausreden nie verlegen. So bat er um einen Rapport beim höchsten Offizier in diesem „Lager", den er kurz darauf auch bekam. Michael erklärte Herrn Biedermann, Dienstgrad Hauptmann, dass er noch einige Vorbereitungsseminare für seine bevorstehende Gesellenprüfung zu absolvieren hätte und deshalb dringend zurück nach Wien müsse, ansonsten würde er die Gesellenprüfung zum Elektriker niemals schaffen. Das konnte ihm der Hauptmann nicht abschlagen und schickte ihn, mit einer einwöchigen Freistellung, zurück in die Bundeshauptstadt. Doch mit welcher Ausrede würde er nach dieser Woche den Lagerkommandanten konfrontieren? Schweren Herzens und ohne Aussicht auf Freiheit, rückte er nach dieser wunderbaren Woche in Wien wieder zu seiner Einheit, der dritten

Garde Kompanie, in Kaisersteinbruch ein.
Das Fenster hinter seinem Stockbett war noch immer nicht repariert und die Nächte wurden immer kälter. Die Feuchtigkeit kroch bis unter seine Bettdecke.
Um 6 Uhr früh war Tagwache, um 7 Uhr bereits der Morgenappell, anschließend den ganzen Tag lang Exerzierunterricht. Dabei stand nicht nur Michaels Körper still, sondern auch sein Gehirn. Deshalb bat er wieder um einen Rapport beim Hauptmann. Diesmal hatte er keine Ausrede im Gepäck. Michael erzählte dem Kommandanten, wie er sich beim Exerzieren fühle und wenn er so weiter machen müsse, werde er überschnappen.
Diesmal half die Wahrheit und der Offizier zeigte Einsicht. Er fragte ihn, ob er bereits einen Autoführerschein besitze. Michael nickte und meinte, er sei im Besitz der Führerscheingruppen A und B – also Motorrad und Auto.

Zwei Tage später saß er wieder auf einer Ladefläche eines dunkelgrünen alten Bundesheer-Lkws der Marke Steyr aus den 1960er Jahren und es ging in Richtung Wien. Michael wurde zur Ausbildung als Kraftfahrer des dritten Gardebataillons in die Maria-Theresien-Kaserne abkommandiert.
Die nächsten Wochen saß er mit ein paar wenigen seiner mit ihm gleichzeitig eingerückten Kollegen im großen und wohlig warm geheizten Kurssaal und lernte für den Heeresführerschein. Es war bereits November geworden als er zur Führerscheinprüfung antrat und diese bestand. Manchmal dachte er an die Kollegen, die in Kaisersteinbruch bei Eiseskälte Dienst versehen mussten, während er im geheizten VW-

Passat den einen oder anderen Offizier von einer Kaserne in die andere (oder manchmal von einem Wirtshaus ins andere) fuhr.
Anfang Dezember bezogen die nun ausgebildeten Gardesoldaten ebenfalls die Maria-Theresien-Kaserne, um für den einen oder anderen Empfang Spalier zu stehen, zu welchen Michael meistens die Offiziere in ihren Gardeuniformen chauffierte.
War kein Staatsempfang oder eine Ehrenkompanie für irgendein Begräbnis angesagt, dann mussten die Soldaten in die Wildnis für etwaige Truppenübungen. Dafür fasste Wehrmann Michael Berschanek einen Steyr-Puch-Pinzgauer aus: ein Wagen für schweres Gelände mit sämtlichen Achssperren und Allradantrieb. Auch für dieses Offroad-Auto hatte er alle Prüfungen absolviert und bestanden.

Anfang Dezember rief das dritte Gardebataillon eine große, einwöchige Übung aus. Um 7 Uhr Früh war die Abfahrt aller drei Gardebataillons in Richtung Sankt Pölten angesetzt.
Etwa 400 Soldaten standen zur Abfahrt bereit. Doch diese verzögerte sich, da ein Wehrmann fehlte: Der Fahrer des Pinzgauers war nicht erschienen.
Als Michael Berschanek um etwa 7 Uhr 15 ohne sein Marschgepäck, seinen Schlafsack, sein Gewehr und ohne seinen Helm, nur „bewaffnet“ mit einer blauen Puma Sporttasche aus der eine Antenne seines kleinen Kassettenradios ragte, erschien, hallte ein gewaltiger Schrei eines der Gruppenkommandanten über den gesamten Kasernenhof.
Schnell holte er auf dessen Befehl sein gesamtes Equipment inklusive seinem Gewehr, mit dem er noch nie einen Schuss abgegeben hatte, da er ja auch nie eine Waffenausbildung erfahren hatte, im Wissen,

dass er zur Strafe die nächsten Wochen alle außerordentlichen Dienste übernehmen würde, und lief zu seinem Kraftfahrzeug. Seine Kollegen fanden das sehr amüsant, nur ein paar, die solche Übungen sehr ernst nahmen, waren wütend auf ihn.

Nach einer Woche im Schnee, Regen, Gatsch und mit undefinierbarem, meist kaltem Essen, freuten sich die Kollegen von Michael, ihre Familien und Freundinnen wiederzusehen. Nicht so Wehrmann Berschanek. Er heimste seinen ersten sogenannten „freiwilligen Dienst" als Charge ein.
Die Charge vom Tag ist ein Gehilfe des Kompaniekommandanten. Sie hat in ihrem Dienstbereich für die militärische Ordnung und Sicherheit zu sorgen und überprüft unter anderem auch das rechtzeitige Einrücken der Soldaten sowie verschiedene Sicherheitsvorkehrungen in der Kompanie, wie etwa Versperrung der Kanzleien nach Dienst und in seinem Fall auch die Fütterung der beiden Gardeponys. Der Chargendienst dauert vierundzwanzig Stunden und schlafen ist in diesem Zeitraum nicht gestattet.

Die Charge vom Tag und die Bereitschaft werden durch den Offizier vom Tag und einem Unteroffizier der Kaserne ständig überprüft, also war selbst in den Nachtstunden nicht mal an ein kleines Nickerchen zu denken.

Um der Langeweile Herr zu werden, vertrieb sich Michael die Zeit unter anderem mit dem Zählen der Fliesen rund um seinen Chargentisch, der am Ende eines langen Ganges stand. Am Nachmittag durfte

sich der diensthabende Charge um die Ponys der Gardemusik kümmern, die am anderen Ende der Kaserne ihre Stallungen hatten. Streng genommen waren die beiden Ponys Michaels Vorgesetzte, denn sie hatten einen militärischen Dienstgrad und die Wehrmänner mussten den Ponys salutieren. Wurde man beim Nichtsalutieren der Pferde erwischt, fasste man einen Strafdienst aus. Der Auftrag der beiden Ponys war, immer, wenn die Gardemusiker bei einem Empfang mit dabei waren, die große Trommel des Schlagzeugers zu ziehen.
Wer mit Pferden schon mal zu tun hatte, weiß, wie geräuschempfindlich sie sind und wie sensibel sie als Fluchttiere hören können.
Und wer schon mal neben so einer riesigen Trommel gestanden ist, die mit einem riesigen Schlegel geschlagen wird, damit sie sich im Ensemble auch durchsetzen kann, weiß, wie erschreckend laut diese Schläge sein können.
Michael marschierte an diesem Nachmittag in Richtung Stallungen, um sich ein wenig die Beine zu vertreten und um die Ponys zu versorgen. Da der Stall nicht sehr groß war, dachte er, während er ausmistete, könnte er doch die Trommelschlepper auf die gegenüberliegende kleine Koppel bringen. Die beiden Pferde wirkten sehr verstört, fast schon ängstlich, so als hätte sie jemand geschlagen. Vielleicht der Charge vom Vortag, der seinen Frust an den beiden ranghöheren Tieren auslebte, oder waren es die Trommelschläge, warum die Tiere sich so seltsam verhielten?
Er sprach ihnen jedenfalls gut zu und gewann so ihr Vertrauen. Doch als Michael die Stalltüre öffnete, um die beiden zur Koppel zu bringen, galoppierten die Ponys in Richtung Fahrzeuggarage rasend schnell davon, bis er sie aus den Augen verlor auf dem weitläufigen Militärge-

lände. Sie waren verschwunden und Michael ahnte schon Schlimmes. Wenn er die Ponys nicht sofort wieder einfinge, dann würde er seine Freundin und seine Familie für lange Zeit nicht mehr sehen – und das so knapp vor Weihnachten!

Nach etwa einer Stunde des Herumirrens auf dem Areal der Maria-Theresien-Kaserne gab er die Suche auf. Die Pferde waren verschollen. Und so blieb ihm nichts anderes übrig, als dem diensthabenden Offizier vom Tag dies mitzuteilen.
Als er an der Zimmertüre des Offiziers mehrmals klopfte und sich niemand meldete, beschloss er, die Türe zu öffnen. Als er öffnete, schoss der Leutnant von seinem schmalen Sofa hoch, auf dem er sein Nachmittagsnickerchen abgehalten hatte. Grundwehrdiener Berschanek machte Meldung, dass die beiden Gardeponys aus ihrem Stall ausgebrochen waren und irgendwo am Kasernengelände umherstreunten.
Der sehr beleibte Offizier zog sich seine Uniformhose hoch, die ihm über seinen Bauch nach unten gerutscht war, und meinte im breitesten burgenländischem Dialekt: „Koa Problem, de Gigera hom a glei wieder eingfonga, i hob söba an Hof mit a poa Pferdln, do kenn i mi aus! I los glei amoi die Bereitschoft ontreten." Gesagt getan, in wenigen Minuten standen sechs von Michaels Kollegen mit vollem Marschgepäck und Bewaffnung am Eingang und meldeten sich beim Offizier. Dieser erwiderte die Meldung und meinte, dass die Bereitschaftssoldaten für diesen Einsatz kein Marschgepäck und auch kein Gewehr benötigen würden. Der Auftrag war, zwei Gardeponys einzufangen. Die acht Mann starke Truppe setzte sich also in Bewegung. Nach einigen Minuten fand man die Pferde grasend hinter den Kraftfahrzeuggaragen. Doch wie sollte

man sie einfangen? Sie hatten kein Zaumzeug an und waren gar nicht gewillt, die Wiese zu verlassen. Die Einsatztruppe bildete auf Anraten des Offiziers eine Acht-Mann-Stirnreihe, so dass sie die beiden Ponys in eine Ecke treiben konnten. Doch als sie kurz vor den Pferden waren, liefen diese, eines links und das andere rechts, außen an der Menschenkette vorbei und grasten am anderen Ende der Wiese weiter. Diese Aktion wiederholte sich mehrmals.

Hinter dem Kasernenzaun liegt der Hietzinger Friedhof, der sehr gut besucht war an diesem Sonntagnachmittag in der Adventszeit, und es bildete sich bereits eine Traube Schaulustiger.

Die dachten, dass das Österreichische Bundesheer neue Kampftechniken an, beziehungsweise mit Tieren ausprobierte. Die Szene wirkte kabarettreif, da der Leutnant sich immer wieder beschwerte, dass es keine Ledergürtel zu den Uniformhosen mehr gebe, sondern nur noch die aus Plastik, und das sei der Grund, warum ihm ständig seine Hose rutsche. So hielt er sie mit einer Hand am Hosenbund fest, die andere Hand auf der Pistole, die am Plastikgürtel bereits in Kniehöhe hing. Der übergewichtige Unteroffizier keuchte schon laut vor sich hin und dazwischen beschwerte er sich schimpfend über die neue Uniform: „Die scheiß Plastikream, die die neuchen Plastikhosen hollten soll'n, na die hom ma no braucht! Der Dreck rutscht ma allawoi obe, bis zua de Kniea!" Doch wirklich davon abhalten ließ er sich nicht und rannte mit den jungen Grundwehrdienern pflichtbewusst hin und her.

Einstweilen gab es schon Gelächter und Applaus der Friedhofsbesucher. Michael kam schlussendlich die Idee, Zucker aus der Kantine zu holen, um nicht länger den Pferden hinterherlaufen zu müssen. Er lockte so zuerst das eine, dann das andere Pony an, schnappte sie an der Mähne

und brachte sie zurück in den Stall.
In Erwartung, dass ihm der Offizier vom Tag sicherlich einen Strafdienst aufbrummen würde, begab er sich anschließend zu diesem, um Meldung zu machen, dass die Pferde im Stall gut versorgt untergebracht wären. Doch der burgenländische Pferdeliebhaber fand die Aktion sehr amüsant und meinte, jetzt hätte er sich einen Weihnachtsbock verdient und Wehrmann Berschanek solle wieder an seinen Chargenplatz. Letzterer meldete sich ab und war glücklich, nicht noch einen Strafdienst ausgefasst zu haben, denn es waren nur noch drei Wochen bis Heiligabend und den wollte er mit seiner Freundin und seiner Familie verbringen.
Die Tage wurden immer kürzer und die Stimmung der Soldaten immer besser, da der große Weihnachtsurlaub anstand. Ja, es weihnachtete schon ein wenig in Wien und hin und wieder schneite es leicht in der Stadt. Doch so richtig Weihnachsstimmung kam bei Michael nicht auf, da er irgendwie spürte, diese Weihnachten würde er in der Kaserne verbringen. Und genau so kam es auch. Als es hieß: „Freiwillige für die Weihnachtsfeiertagsdienste vortreten!", rief einer der Offiziere sofort: „Wehrmann Berschanek, Sie sind sicher ein Freiwilliger, oder?"
Das hieß, er fasste Bereitschaftsdienst mit fünf anderen seiner Kollegen über die ganzen Weihnachtsfeiertage aus. Das hieß auch, er würde den Heiligen Abend mit seinen Kameraden in der Kaserne verbringen und nicht zu Hause bei seiner Familie.
Zwei Wehrmänner, die ebenfalls diesen Weihnachtsdienst ausgefasst hatten, waren sogar Zimmerkollegen.
Einer von ihnen begann bereits mittags mit seinem ersten Bier, nach dem Mittagessen machte er weiter mit Vodka. Alkoholkonsum war als

Bereitschaftssoldat strengstens verboten, doch das kümmerte ein paar von ihnen gar nicht. Da sie an Heiligabend Dienst versehen mussten, war ihnen sowieso schon alles egal. Auch wenn sie noch einen Strafdienst erhalten sollten, Weihnachten in der Kaserne war das Schlimmste für die jungen Wehrmänner.

Die erste Flasche Vodka war schnell leer getrunken, so kam es, dass zwei von Michaels Zimmerkollegen völlig betrunken auf ihren Betten lagen, als es plötzlich laut über die Gänge schrillend erklang: „BEREITSCHAFT! ANTRETEN!!" Einer der ranghöchsten Offiziere des Österreichischen Bundesheers war gekommen, um den diensthabenden Soldaten irgendeinen Schwachsinn wie „Wir sind stolz auf unsere Grundwehrdiener und das österreichische Heer braucht sie" und weiteren oberflächlichen Quatsch zu erzählen. Dieser Brigadier war im Privatleben scheinbar gescheitert, um so etwas an diesem Abend loswerden zu müssen, an dem andere Menschen friedlich und gemütlich mit ihren Familien feiern.

Jedenfalls hieß es für die Bereitschaftstruppe: antreten.

Das Marschgepäck war schon gepackt, nur noch Schuhe, Uniformjacke und Helm anziehen und das Gewehr schultern.

Michael half seinen beiden Kameraden aus den Betten, hängte ihnen den schweren Rucksack und das Gewehr um und stützte sie beim Verlassen des Zimmers.

In wenigen Minuten stand der gesamte Bereitschaftstrupp am Gang neben dem Haupteingang der Kaserne.

Michaels Bettnachbar stand etwas wackelig auf den Beinen und er hatte sein Gewehr umgehängt wie eine große Halskette und diese zog den Kopf nach vorne und unten.

Die Truppe sah aus wie die Figuren, die in jedem der Bud-Spencer- und Terence-Hill-Filme verprügelt werden. Michael wollte noch mit etwas Feinjustierung helfen, da erschien plötzlich der Brigadier gemeinsam mit einem Heerespfarrer im Eingang der Kaserne. Als der diese jämmerliche Truppe sah, flippte er völlig aus und schrie: „Rechts um!" Wehrmann Stefan Pivota, mit seinem Gewehr um den Hals gewickelt, stand links neben Michael und drehte sich auch nach links weg. Wehrmann Mario Plakutta drehte sich nach rechts um wie befohlen und Wehrmann Michael Berschanek blieb stehen und bewegte sich gar nicht. Er konnte in diesem Augenblick nicht mehr Rechts von Links unterscheiden. Der Brigadier war kurz vorm Herzinfarkt, als er mit hochrotem Schädel zu schreien begann. Aus seinem Gestammel konnten die Bereitschaftssoldaten nur erahnen, was er meinte. Er befahl ein paar Exerzierstunden. Das könne diesem Haufen sicherlich nicht schaden und sofort ging es los. Der Pfarrer verließ mit trauriger Miene die Szene und begab sich schweigend in das Offizierskasino, um sich weiter dem Alkohol zu widmen, anstatt ein gutes Wort für die jungen Soldaten einzulegen. Diese waren schon im Gleichschritt bei leichtem Schneeregen am Kasernengelände unterwegs. Eine Kasernenrunde betrug 1,5 Kilometer, das wusste Michael noch von seinen Strafdiensten im Herbst, als er sich um das Laub der Alleebäume kümmern musste. Vorne weg der Brigadier, dahinter der teils betrunkene Haufen von jungen Wehrmännern. Mittlerweile war es schon dunkel geworden und man sah während des Marschierens in die Fenster der Privathäuser, die sich rund um die Kaserne befanden. Die Menschen feierten Bescherung. Michael sah sogar die beleuchteten Weihnachtsbäume, Menschen, die einander umarmten, und er dachte dabei an seine Freundin und an seine Familie, die sicherlich auch gerade gemütlich in ihren warmen Stuben saßen und feierten.

Nach nur drei Runden gab der Brigadier das Exerzieren mit den jungen Burschen auf. Die Bereitschaftstruppe durfte abrücken. Nun konnten sie doch noch den Heiligen Abend feiern. Sie versammelten sich auf einem der Zimmer, zündeten ein paar Kerzen an, schalteten das Kassettenradio ein, öffneten ein paar Flaschen Wein und stimmten gemeinsam „Tagwache" von Wolfgang Ambros an.

DIE FISCHFILETS

Eine Geschichte, die sich so oder so ähnlich rund um den 24. Dezember 1982 im 23. Wiener Gemeindebezirk-Liesing, ereignete.

LIESING
23. Wiener Gemeindebezirk
Fläche: 32,02 km^2
Einwohner: 115.174
(1. Jänner 2022)

Ruhig und friedlich lagen die kleinen Gemeindebaublöcke in der Arabellagasse 2-10 kurz vor Weihnachten im leicht eingeschneiten Randbezirk Wiens eingebettet da. Fast unscheinbar und unter ihrem Wert möchte man meinen, wenn man wüsste, welch namhafte Architekten am Bau dieser kleinen Gemeindebau-Siedlung beteiligt waren. Die Namen der umliegenden Straßen stammen alle von berühmten Charakteren von Richard-Strauss-Opern: Arabella, Oktavian, Barak, Zerbinetta. Fast könnte man von einem Opernviertel in Wien-Liesing sprechen.

Die Lechthalergasse im Süden und Westen der Anlage bezieht sich auf den Wiener Komponisten Josef Lechthaler.
Fritz Nollert baute für die Gemeinde Wien gemeinsam mit Hans Bolek und Leopold Scheibl die Wohnhausanlage Arabellagasse 2-10 in den Jahren 1957–1959.
Hans Bolek studierte an der Kunstgewerbeschule in Wien und arbeitete unter anderem mit Josef Hoffmann zusammen, einem der Mitbegründer der Wiener Werkstätte, dessen Kunstwerke und Accessoires heute sehr hoch gehandelt werden.
Die Familie Müller bewohnte in der Arabellagasse, Ecke Barakgasse, die etwa 70 m^2 kleine Wohnung im ersten Stock. Die Häuser der Siedlung sind einstöckig, die Anzahl der Wohnungen im gesamten Gemeindebau hält sich also in Grenzen. Man kannte seine unmittelbaren Nachbarn sehr gut. Auch die MitbürgerInnen, die in den anderen kleinen rosafarbigen Häusern im „Opernviertel“ wohnten, grüßten sich freundlich, man half sich auch gerne gegenseitig. Es gab den Hausmeister, den Herrn Schneider, vor ihm zeigten die Anwohner großen Respekt. Achtzehn Häuser im Grätzel betreute er. Meist mit versteinerter, unbewegter und, so kurz vor Weihnachten, auch mit kalter Miene, verrichtete er seine Arbeit als Hausmeister von früh bis spät. Auf ihn konnten sich die Gemeinde Wien und die Bewohner des „Opernviertels“ wirklich verlassen, er reparierte auch Dinge, die nicht in seinem Aufgabenbereich lagen, und das mit Freude. Und wenn man ihn ein wenig besser kannte, wusste man, es war es nur seine harte und raue Schale, die er den meisten Mietern zeigte, wenn sie ihm begegneten. Tief im Herzen war Leopold Schneider, genannt „Herr Poldi“, ein ganz netter, zuvorkommender und lieber Mensch. Vor allem für Kinder hatte er immer

ein großes Herz. Außer sie liefen im Sommer durch die Bewässerungsanlagen, die er in den Wiesen aufstellte. Die Kinder machten sich sogar einen Sport daraus, wer es länger im Strahl der Sprinkleranlage aushielt, um sich abzukühlen. Wenn er die Kinder dabei erwischte, bewegte sich seine versteinerte Miene und er schrie: „Schleichts euch ausse aus der Wies'n, es G'frasta." Doch das wars dann auch schon wieder.
Um die Weihnachtszeit nahm er seine Arbeit ganz genau. Die Stiegenhäuser wurden auf Hochglanz gebracht, entstaubt und geputzt und falls es ein wenig schneite, weckte er mit seiner unangenehm laut ratternden Schneefräse ab vier Uhr Früh das halbe Viertel auf. Nach der Schneeräumung musste man aufpassen, dass man nicht auf dem Streusplitt ausrutschte, denn damit sparte er nicht – er streute kiloweise Kies auf den Gehsteigen in „seinem" Grätzel aus. Den Autofahrern, die es nicht schafften, aus der verschneiten Parklücke zu kommen – da die meisten Autos in den 1980er Jahren Hinterradantrieb hatten – half Herr Schneider, indem er die Autos aus der Parklücke „rausschaukelte". Dafür hatte er eine eigene Technik: Er schaukelte das Auto gefühlvoll nach vorn und langsam nach hinten. Immer wieder vollzog er die Bewegung mit seinen kräftigen Händen, hin und her, und in kurzer Zeit stand der Wagen auf der vom Schnee geräumten Straße und die Fahrer konnten so rechtzeitig zur Arbeit kommen. Oft half bei so einer Aktion auch noch ein vorbeigehender Passant mit. Sich gegenseitig zu helfen war noch selbstverständlich im Wien der 1980er Jahre. Leopold Schneider hatte selbst keinen Führerschein, aber den brauchte er auch nicht. Seine Welt war der Gemeindebau und den verließ er nur sehr selten.
Sein jüngerer Sohn, Norbert Schneider, war der beste Freund von Rene

Müller. Sie waren wie Geschwister. Zwei vierzehnjährige Jungs – beide standen in der Blüte ihrer Vorpubertät und gemeinsam testeten sie so einiges, meist Verbotenes, aus. Wie etwa Schuleschwänzen, um den ganzen Tag im Billardcafe am Maurer Hauptplatz zu verbringen; die ersten selbst gedrehten Zigaretten rauchen und auch die ersten Erfahrungen mit Mädchen machten die beiden Jungs gemeinsam.
„Rene" war ein nicht sehr häufiger Name, Ende der 1960er Jahre in Wien. Der Name wurde erst in den 1970ern durch den „Mundl" sehr bekannt – in der Serie „Ein echter Wiener geht nicht unter" bekam das Kind vom Hauptdarsteller Edmund Sackbauer, gespielt von Karl Merkatz, diesen Namen. Rene Müller war für sein Alter ein außergewöhnlich talentierter und künstlerisch begabter junger Mann.
David Bowie, der ihn mit seinen Texten, seiner Kleidung und seiner Musik inspirierte und verzauberte, war sein größtes Vorbild. Texte von Bowie übersetzte er mühevoll mithilfe des Langenscheidt-Wörterbuchs ins Deutsche. Die Lyrics des Musikers faszinierten ihn und so begann Rene selbst Texte zu schreiben, und wenn er sich in ein Mädchen Hals über Kopf verliebte, doch dieses seine Liebe nicht erwiderte, dann bekam es ein wunderbares, handgeschriebenes Gedicht von ihm, ob es wollte oder nicht. REBELL war so ein Gedicht, das er für Sabine, die ein paar Blocks weiter wohnte, schrieb. Sie war zwei Jahre älter als er und wollte von ihm gar nichts wissen. Vielleicht hätte er zumindest seine Initialen drunter schreiben sollen, denn so würde sie niemals wissen, wer ihr diesen Text zukommen hatte lassen. Doch da war es schon zu spät, er nahm all seinen Mut zusammen und legte ihr seinen selbstgeschrieben Text auf die Fußmatte ihrer Wohnungstüre und verließ, so schnell er konnte, das Haus. Vom Rebell-Sein war er weit entfernt,

denn es sollte ihn niemand sehen, wenn er die Stiege Nummer 5 verließ, in der Sabine wohnte, dies würde sich sonst sehr schnell im ganzen Bau herumsprechen, und das wäre Rene dann doch peinlich gewesen – „Liebe Sabine, den Text hab ich nur für dich geschrieben, ich hoffe er gefällt dir, dein REBELL" -

dich verzaubern – dich zu verführen – dich berühren
dich respektieren – ich lass die Liebe regieren
ich schick es raus – bis es die Letzten kapieren

BIN REBELL – REBELL – und doch verwundbar
REBELL – REBELL – tief in mir drin
du gibst meinem Leben Sinn

miteinander ist angesagt
gegeneinander – nicht gefragt
bin für dich da – ganz nah – halt dich fest
bau dir ein Nest
eine Welt, in der die Sonne scheint
eine Welt, in der man Liebe teilt

unser täglich Wunder gib uns heute
– ich will dich sehen – bleib einfach stehen
um was es wirklich geht – es ist LIEBE, die da großgeschrieben steht

BIN REBELL – REBELL – und doch verwundbar
REBELL – REBELL – tief in mir drin
doch du gibst meinem Leben Sinn

Am nächsten Morgen ging Sabine an Rene vorbei. Er hatte sich erhofft, dass sie stehenbleiben und mit ihm plaudern würde, doch leider erfüllte sich dieser Wunsch für ihn nicht.

Entweder hatte Sabine das Gedicht einfach nicht verstanden, oder sie wusste nicht, von wem es war – obwohl Rene ihr beim Vorbeigehen so einen tiefen Blick geschenkt hatte. Möglicherweise hatte auch ihre

Mutter den Zettel gemeinsam mit den zahlreichen Werbeprospekten vor Weihnachten einfach weggeschmissen.

Rene war ein Träumer und er liebte Musik fern vom Kommerz. Dazu zählten Bands wie die Sex Pistols, K.F.C., Ideal, DAF, oder eben die Musik vom Sternenmann David Bowie. Aber auch die Texte von Wolfgang Ambros catchten ihn sehr. Die Textzeile: „Ned alles, wos an Wert hot, muss a an Preis hob'n, aber moch des amoi wem kloa", aus dem Song „A Mensch möcht i bleibn", das war auch das Motto von Rene. Die Alben „Weiß wie Schnee" und „Selbstbewußt" hörte er in seinem Zimmer so oft es nur ging. Und endlich vernahm man auch andere Töne, die aus Österreich kamen. Da rappte ein cooler Typ auf Wienerisch – Falco war sein Name. Der erweckte bei Rene großen Eindruck. Im Hitradio, mit der Hitwunschnummer 65 67 31, bekam man solche Künstler selten bis gar nicht zu hören. Da hörte man 1982 Albano und Romina Power, oder „Puppe", von der österreichischen Band Nickerbocker.
Norbert hingegen hatte diese romantische, kreative Ader wie Rene sie hatte, kaum. Rationale und erdige Charakterzüge entwickelten sich bei ihm stärker als die kreativen. Er fand die Aktion von Rene, ein Gedicht für ein Mädchen zu schreiben und es ihr dann anonym vor die Haustüre zu legen, eher beschämend. Er half lieber seinem Vater bei der Arbeit. Auch da war Rene gerne mit dabei, denn er liebte die Abwechslung und bei den diversen Arbeiten im Gemeindebau konnte er viel lernen. Wenn es etwa darum ging, alle Lampen in den Stiegenhäusern zu kontrollieren und gegebenenfalls zu tauschen. Auch die spärliche Weihnachtsbeleuchtung, mit der Herr Schneider ein paar Nadelbäume

in der Wohnhausanlage schmückte, hatten immer wieder ihre Aussetzer und mussten repariert werden. Oft genügte nur ein Sprüher mit dem Kontaktspray an den Steckverbindungen, und schon funktionierten die blinkenden Lichter am Nadelbaum wieder. Die Leiter auf der Schulter des einen und die Tasche mit dem Werkzeug und den Ersatzlampen in der Hand des anderen Jungen, so stolzierten Norbert und Rene des Öfteren nach der Schule durch die Wohnhausanlage. Dabei fühlten sie sich wie Erwachsene, wenn sie in ihren coolen dünnen Jeans und mit den Arbeitsutensilien ausgestattet, einen auf Groß machten. Von den älteren Mietern in der Siedlung bekamen sie oft Schokolade, oder andere Süßigkeiten zugesteckt und manchmal sogar eine Fünf-Schilling-Münze oder gar einen Zehner. Von ihrer Lampentausch-Tour zurück, wurden sie von Frau Schneider mit den besten Schnitzeln und Erdäpfelsalat verköstigt. Wie ein Charmeur schmeichelte Rene Frau Schneider immer nach dem Essen, dass ihre Schnitzel die besten von ganz Wien seien. Herr Schneider gab ihm dabei Recht und manchmal bekamen die beiden Jungs, nachdem sie mit der Nachspeise fertig waren, auch noch einen kleinen Lohn für ihre Arbeiten von ihm zugesteckt.

So kurz vor Weihnachten staunten die beiden nicht schlecht, als er jedem von ihnen für die letzten Arbeiten, die sie verrichtet hatten, einen Hundert-Schilling-Schein überreichte: „Das ist für euch zwei, weil ich eure Unterstützung im jährlichen Vorweihnachtstrubel wirklich gut gebrauchen kann. Ich danke euch sehr dafür“, sagte er leise vor sich hin, ohne dabei die Kinder wirklich anzusehen, da es ihm sehr unangenehm war, wenn jemand anderer seine Arbeit verrichtete. Bei seinem Sohn und bei Rene machte er eben eine Ausnahme, die durften kleine

Arbeiten für ihn erledigen. Ansonsten mochte er es gar nicht, wenn sich irgendwelche Mieter in seinen Zuständigkeitsbereich drängten und sich berufen fühlten, Arbeiten zu verrichten, für die ausschließlich der Hausmeister zuständig war. Für die Jugendlichen jedenfalls fühlten sich 100 Schilling wie ein kleines Vermögen an. Davon konnten sie sich im Billardcafe jeder eine Cola, einen Schinken-Käse-Toast und ein paar Stunden Spielzeit am beleuchteten Karamboltisch leisten. Normalerweise lief ihr Kaffeehausbesuch so ab, dass sie sich eine kleine Cola teilten und sie sich für eine Stunde einen Billardtisch leisteten. War die Stunde aufgebraucht, drehte der Kellner die Lampen über dem Tisch ab. Sie spielten natürlich auch ohne Beleuchtung weiter, bis der Herr Ober auf sie zukam und sie des Tisches verwies.

Die 100 Schilling waren sehr schnell aufgebraucht an diesem Nachmittag knapp vor Weihnachten. Nachdem sie ihre Billard-Partie bezahlt hatten, schmiss Norbert seine übrig gebliebenen 50 Schilling in einen Geldspielautomaten, der nahe der Bar stand. Obwohl das Spielen erst ab achtzehn Jahren erlaubt war, kümmerte es niemanden, wie alt man war, solange man genug Münzen in den 5-Schilling-Schlitz des Gerätes schmiss. Dann leuchteten und blitzten viele bunte Früchte, Joker und Sterne immer wieder auf. Das Ding spielte auch tolle Melodien ab und erzeugte futuristische Sounds. Rene dachte, dass sein Freund ständig gewinnen würde. Doch nach kurzer Zeit waren Norberts 50 Schilling weg, der Automat beruhigte sich und der Junge war schlecht gelaunt. Der Verlust schmerzte ihn sehr, denn sein gesamtes verdientes Geld hatte er an diesem leicht verschneiten Nachmittag durchgebracht, und die Weihnachtsferien hatten doch erst begonnen.

Der Heilige Abend kam näher und Rene erfuhr von seinen Eltern, dass sie diesen heuer bei seinen Großeltern im Weinviertel verbringen würden. Er war sehr gerne im kleinen, idyllischen Ort Eibesthal, nahe Mistelbach, aber Weihnachten würde er viel lieber in Wien feiern. Der Grund dafür war seine Mutter. Er liebte seinen Großvater über alles, und er wurde dort von klein auf von Oma und Opa verwöhnt. Doch wie würde es sein, Weihnachten da zu feiern und nicht wie jedes Jahr in der vertrauten Umgebung? Er dachte viel über den bevorstehenden Heiligen Abend und besonders über die „Bescherung" nach, da seine Mutter ihm große Sorgen bereitete, wenn sie nicht in der vertrauten Umgebung feiern würden. Sie war eine sehr verwirrte Person, fast ein wenig schizophren. Ihre Wahrnehmung, ihr Denken, ihr Gefühls- und Gemütsleben waren oft außer Kontrolle. Unter der Gefühlswelt seiner Mutter litt Rene stark und wenn sie nun am Heiligen Abend nicht denselben Ablauf hätten wie jedes Jahr, wie würde sie das verkraften? Sie brauchte einen genauen Ablauf, damit sie nicht völlig ausrastete und das wusste er nur allzu genau. Sie brauchte zum Essen ihre geliebten Fischfilets mit Gemüse und Kartoffel, auf dem Christbaum ihren altvertrauten Weihnachtsschmuck und um Punkt 18 Uhr musste die Familie „Stille Nacht, heilige Nacht" singen. Rene wusste schon aus den Jahren davor, dass sie sich über die Geschenke, hauptsächlich über die von ihrem Mann, fürchterlich aufregen würde. Kein Geschenk von ihrem Ehemann machte sie jemals glücklich, egal ob selbstgemacht oder teuer gekauft, es war nie das Passende für sie dabei. Auch sein Vater fürchtete sich jedes Jahr, je näher Weihnachten mit seiner Frau kam. Aber da Oma vom Land ein verletztes Bein hatte, und nicht nach Wien kommen konnte, wollte er seine Lieben an Heiligabend nicht alleine im Weinviertel sitzen lassen und so stellte er sich das erste Mal auf seine Beine und beschloss, am 24. Dezember mittags mit seiner Familie nach Eibesthal zu fahren. Als Renes Mutter das vernahm, reagierte sie sonderbar gelassen darauf.

Rene und Norbert waren ein wenig sauer, da sie sich nun ein paar Tage nicht sehen würden, aber Rene versprach Norbert, mit ihm in den Schul-Semesterferien auch zu seinen Großeltern zu fahren. Das klang nach Abenteuer für Norbert. Nur er und Rene mit dem Postbus von Wien Mitte nach Mistelbach zu fahren und das bedeute: eine Woche gemeinsamen Urlaub bei Oma und Opa und endlich mal raus aus der Siedlung aus dem gewohnten Alltag mit seinen Eltern.
Norbert bedankte sich für das verfrühte Weihnachtsgeschenk bei Rene und freute sich mit ihm.
Weihnachten mit der Familie war für die beiden Vierzehnjährigen nicht mehr wirklich cool. Die Zeit zwischen Heiligabend und Silvesternacht, das war für sie die schönste Zeit der Weihnachtsferien. Wenn Schnee lag, fuhren sie zum Rodeln auf die Perchtoldsdorfer Heide, oder sie schnappten sich die Eislaufschuhe und skateten den ganzen Tag auf irgendeinem Ziegelteich am Stadtrand umher. Die Ferientage schienen endlos, obwohl sie die kürzesten im Jahr waren.

Spätestens am 27. Dezember würden sie wieder in Liesing sein, denn da hatte Renes Vater Bereitschaftsdienst im Wiener Rathaus. Er war ein sehr pflichtbewusster Gemeindebediensteter der Stadt Wien. In der Hauptgruppe III versah er als Hauselektriker im Amtsgebäude des Wiener Bürgermeisters seinen Dienst.
Der 27. Dezember 1982 würde auf einen Montag fallen und deshalb

nahmen sich Rene und Norbert vor, gleich nach Renes Rückkehr gemeinsam zum Mexikoplatz in Wien-Leopoldstadt zu fahren, denn sie würden sich gerne zum Jahreswechsel verstärkt der Pyrotechnik widmen. Ihr Plan war, in den kleinen ominösen Geschäften im 2. Wiener Gemeindebezirk Raketen, Kracher und Böller in allen Kategorien und Klassen einzukaufen. Solche Erzeugnisse, die Licht-, Knall-, Rauch-, Nebel-, Druck- oder Reizwirkungen hervorrufen könnten, durfte man in Wien erst mit achtzehn Jahren besitzen, doch am Mexikoplatz würde sie niemand nach ihrem Ausweis fragen und so könnten die beiden kaufen, was das Herz begehrte, beziehungsweise der Inhalt des Geldbörserls zuließ.
Und ihr Börserl würde nach Weihnachten gut gefüllt sein mit dem „Weihnachtsgeld", das sie von ihren Verwandten und Eltern jedes Jahr um diese Zeit einsammelten.
Und heuer würden sie ganz Liesing ausleuchten, versprachen sie sich und wünschten sich beim Verabschieden schöne Weihnachten. „Lass deine Großeltern von mir ganz lieb grüßen und sag ihnen, dass ich mich schon sehr auf die Semesterferien bei ihnen freue", bat Norbert seinem Freund und verschwand mit einem verschmitzten Lächeln im Stiegenhaus.

„Tüdeldü, Tüdeldü … Bedeckt, leichter Schneeregen und vereinzelt auch Schneeregenschauer. Die Temperaturen bleiben leicht unter dem Gefrierpunkt. Am Heiligen Abend legt sich der leichte Nordwest-Wind und die Temperaturen bewegen sich tagsüber um die drei Grad im Minusbereich. Autofahrer aufgepasst, an exponierten Stellen kann es zu Glatteisbildung kommen. Gute und sichere Fahrt durch diesen 24. Dezember! Es ist 9 Uhr

33 und Radio Wien wünscht Ihnen einen angenehmen guten Morgen. Nur noch ein paar Stunden und dann steht das Christkind vor der Tür und bis dahin gibts die schönste Weihnachtsmusik auf 89.9 und 95.3. Hier sind David Bowie und Bing Crosby mit ihrer Version von „Little drummer boy“, tönte es aus dem Blaupunkt-Kassettenradio des zweitürigen und frischpolierten silberfarbigen Ford Taunus 1.6 L, Baujahr 1978, als die Müllers in Richtung Weinviertel aufbrachen.

Mutter Müller hatte die vergangenen Tage die Wohnung geputzt, denn wenn sie von den Großeltern zurückkommen, dann wollte sie alles fein säuberlich vorfinden. Sie hatte noch ihren Mann mit dem Müllsack zum Mistcontainer geschickt und er sollte auch gleich die frischen Fischfilets, die sie noch gestern am Markt eingekauft hatte, ins Auto bringen. Vater Müller war brav den Bitten seiner Frau gefolgt, und so ging es nun tatsächlich von Wien in Richtung Norden.
Es war wenig Verkehr auf der ansonsten überfüllten Südosttangente A23. Die Stadt war ruhig und eingehüllt von dichtem Nebel. Hier und da sah man bunte Weihnachtsbeleuchtung durch die Nebeldecke blitzen. Die ganze Fahrt über murmelte Mutter Müller vom Beifahrersitz aus irgendetwas Unverständliches in sich hinein. Vater Müller hörte dieses sinnlose Geplapper der Selbstgespräche seiner Frau kaum noch. Trotzdem war es für ihn und Rene äußerst störend. Wenn er das Radio etwas lauter drehte, dann wurde auch ihr unverständliches Gejammer lauter. Renes Vater hatte ihr nie Einhalt geboten und ertrug diese Marotten seiner Frau schon seit Jahren. Sie war wie eine Zeitbombe, die bei der geringsten Erschütterung hochgehen könnte, und das wusste er. Vielleicht war das der Grund seines Schweigens? Nach etwa einer

halben Stunde verließen sie die Autobahn und die Fahrt ging auf der Bundesstraße weiter.
Die Dörfer entlang der Brünner Straße waren menschenleer. Ab und zu sah man einen herumstreunenden Hund oder eine Katze. Von Weihnachtsbeleuchtung hielten die Bewohner der Ortschaften, die sie durchfuhren, nicht sehr viel. Es ging durch Seyring, Wolkersdorf, Gaweinstal, Schrick, Wilfersdorf, bis man endlich vor dem Haus der Großeltern parkte. In Eibesthal stand zumindest vor der Kirche ein Weihnachtsbaum, beleuchtet mit ein paar wenigen elektrischen Kerzen. Opa lief ganz aufgeregt in den Vorgarten, um die Familie zu begrüßen.
In der kleinen Küche des Hauses brannte schon der Holzofen. Den liebte Rene sehr, denn in der Gemeindebauwohnung war es nicht möglich, mit Holz zu heizen, und er liebte es, Brennholz aus dem Keller zu holen, die Scheite in das Feuer zu schmeißen und dabei zuzusehen, wie sie langsam abbrannten. Auf der gusseisernen Platte des Herdes mit eingebautem „Wasserschiff" stand bereits ein kleiner Topf, in dem die Oma Milch für ihr Enkerl warmhielt. Mit einem hölzernen Milchsprudler zwischen ihren Handflächen schlug sie die Milch bis sie aufschäumte und die gebildete Haut spurlos verschwand. Sie servierte Rene den besten Kakao, wie ihn nur Oma zubereiten konnte. Ihr Geheimnis war die Brise Zimt oben auf.
Die Stimmung zwischen seinen Eltern war nach der langen Autofahrt irgendwie angespannt und man sprach nur das Notwendigste miteinander. Rene war das egal, er hatte seinen Opa, den er sehr schätzte und liebte, und mit dem er sofort in den Halbkeller verschwand, um Holz zu hacken und um Opas Moped ein wenig zu putzen. Die jagdgrüne Puch MS 50 hatte er unter einer dicken Decke winterfest eingepackt.

Die Puch war Opas Fortbewegungsmittel. Mit der kam er zum Greißler, der seine A3-Zigaretten führte – auch einzeln konnte man die dort kaufen –, damit kam er zum Wirten, in die Kirche und ab und an Mal in das vier Kilometer entfernte Mistelbach. Weitere Reisen standen bei ihm nie an. Er war zufrieden mit sich und seiner Umwelt. Wenn Rene die Sommerferien bei Oma und Opa verbrachte, durfte er mit der Puch MS 50 die ganzen Feldwege in und um Eibesthal befahren. Sein Großvater nahm sich immer viel Zeit für den Buben.

Als das Moped geputzt war und die beiden ein paar Holzscheite in den geflochtenen Weidenkorb getan hatten, um sie Oma in die Küche zu bringen, sah Rene in der Ecke des Kellers etwas Großes, abgedeckt mit einer dicken Decke, stehen. „Was ist da darunter, Opa?“, fragte Rene und Opa nickte nur. Er hob die Decke hoch, da stand eine weitere Puch MS 50 in schwarzer Lackierung mit feinen grünen Streifen am Tank. „Es sollte eine Überraschung sein, aber nun hast du sie schon entdeckt. Sag deiner Mutter nichts von meinem Weihnachtsgeschenk für dich“, lächelte ihn Opa an. Rene war überglücklich, er umarmte seinen Großvater so fest, dass der schon meinte: „Lass es gut sein, sonst erstick ich noch.“ Rene war schon auf das Gesicht von Norbert gespannt, wenn er ihm von seinem Weihnachtsgeschenk erzählen würde. Die Vorstellung, dass sie in den Semesterferien mit ihrem eigenen Moped fahren könnten, vorausgesetzt es lag kein Schnee mehr, ließ ihn aufblühen. Gut gelaunt kamen der Großvater und sein Enkelsohn mit dem Weidenkorb voll mit Holzscheiten aus dem Keller. Da stellte Renes Mutter provokant fest: „Wenn dich das Holzholen so glücklich macht, kannst du gleich noch ein paar Körbe voll holen.“ Rene erkannte, dass sich bei seiner Mutter die ersten Symptome ihrer Verwirrtheit zeigten. Ihr Denken und Sprechen und ihr unangemessenes Verhalten zeigten dies an, anders war es nicht zu erklären, dass sie so eigenartige Aussagen machte und sich nicht mit ihrem Sohn freute, wenn der gut gelaunt und glücklich war.

In der Küche herrschte noch Eiseskälte, obwohl der Holzofen fast schon glühte. Mutters Denken, ihr Gefühls- und ihr Gemütsleben waren wieder außer Kontrolle geraten. Sie schimpfte vor sich hin. Leise, aber ein paar Sprachbrocken waren immer wieder zu hören und die trugen nicht zur harmonischen Weihnachtsstimmung bei. Niemand von den Erwachsenen sprach ihre schlechte und depressive Laune an, sie versuchten es zu ignorieren, aber trotzdem verbreitete sich ihre unangenehme Energie in der Küche.

Die beiden Frauen waren bereits mit den Vorbereitungen für das Weihnachtsessen beschäftigt und der Vater sollte deshalb die Fischfilets aus dem Auto holen. „Du sitzt eh nur blöd herum und hast nichts zu tun, also beeile dich und hilf halt a bissl mit“, schnauzte sie ihren Mann an. Jeden Konflikt scheuend, führte er ihren „Befehl“ sofort aus. Nach ein paar Minuten kam er mit hochrotem Kopf wieder zurück ins Haus. Er stand da wie ein kleines Kind, das etwas Verbotenes getan hatte und dabei eben erwischt wurde. In der Hand hatte er ein weißes Plastiksackerl. „Jetzt steh da nicht so herum, bring die Fischfilets her zu mir damit ich sie zubereiten kann“, tönte es fast militant durch die Küche. Doch er bewegte sich keinen Meter. In dem Sackerl waren keine Fischfilets, es war das Mistsackerl, das er aus dem Kofferraum seines Ford

Taunus geholt hatte. Die Fischfilets lagen im Müllcontainer in der Arabellagasse in Wien. Seine Frau hatte über die verpackten Fischfilets ein weißes Mistsackerl gegeben, damit diese im Auto nicht ausliefen, so war es ein Leichtes gewesen, die zwei Sackerl zu verwechseln. Doch das war keine Entschuldigung, die Frau Müller gelten ließ.

Es brach eine Schreilawine über ihren Mann herein, als hätte sie auf diese Gelegenheit schon gewartet. Endlich konnte sie ihrer Gemütslage Ausdruck verleihen und das mit gutem Grund für sie. Herr Müller wünschte sich einen Katastrophenfall im Wiener Rathaus, so dass er sofort in die Arbeit eingezogen werden würde. Doch das war nur ein Wunschgedanke. Da musste der konfliktscheue und introvertierte Herr Müller jetzt durch und Verantwortung übernehmen. Er rang um Ausreden wie „Das könnte doch jedem passieren und die beiden Sackerl sahen doch genau gleich aus." Aber zwischen ihren Hasstiraden blieb nur wenig Platz für seine Ansätze zur Verteidigung. Oma begann zu weinen, bis endlich Opa ein Machtwort aussprach und laut, deutlich und bestimmend um Ruhe bat: „Hör sofort auf mit der blöden Schreierei, wir Essen eben die Beilagen und etwas Wurst haben wir auch noch im Kühlschrank, wir werden sicher nicht verhungern." Ganz wie sein Vater ging auch Rene jedem Streit aus dem Weg, er lief in den Keller und setzte sich heimlich auf sein Weihnachtsgeschenk und schwor sich, Weihnachten aus seinem Kalender zu streichen.

Erst wenn er selbst Mal Kinder haben sollte, würde er dieses Fest wieder feiern und dann sollten es die schönsten Weihnachten werden, die ein Kind nur haben kann. Der Heilige Abend verlief wortkarg und ruhig. Bei der Geschenkübergabe versuchte Frau Müller kurz wieder mit ihrem Gewimmer zu beginnen, aber der Großvater machte dem jäh ein

Ende, indem er sie nur grimmig ansah und da wusste sie, es hätte jetzt keinen Sinn über ihren Mann herzuziehen.

Zurück in Wien-Liesing überwog die Freude bei Rene, seinen Kumpel Norbert zu sehen und auf die pyrotechnischen Vorbereitungen für Silvester 1982 auf 1983. Vater Müller war bereits zurück an seinen Arbeitsplatz im Rathaus, Mutter Müller putzte, als Zeitvertreib, die bereits geputzte Wohnung und die zwei Buben machten sich auf in Richtung Mexikoplatz. Ein weiter Weg vom Süden Wiens in den Norden der Stadt. In die Leopoldstadt und wieder zurück nach Hause, würden sie sicher ein paar Stunden unterwegs sein und dazu brauchten sie eine Ausrede für ihre Eltern, denn die durften vom Feuerwerkskauf natürlich nichts wissen. Sie würden sich mit Freunden in der WIG in Wien-Favoriten treffen, zum Eislaufen auf den Teichen dort und so könnte es heute ein wenig später werden, teilten sie ihren Eltern mit. Sie gaben ihre Eislaufschuhe in eine extra große Sporttasche, steckten das ganze Geld, welches sie von ihren Verwandten zu Weihnachten bekommen hatten, ein und fuhren los.
Am Mexikoplatz angekommen, fanden sie schnell ein Geschäft mit all den Feuerwerkskörpern, die Jungs in ihrem Alter mehr als glücklich machten. Der osteuropäische Verkäufer sprach sehr schlecht Deutsch, aber sie konnten verstehen, dass er ihnen mitzuteilen versuchte, dass schon der Besitz dieser Raketen und Kracher verboten sei und dass die Polizei in der Leopoldstadt ein Auge darauf hätte. Sie packten die Kracher und Raketen in ihre Sporttaschen, so konnte man nicht erkennen, was da drinnen war. Ihrem Feuerwerk am 31. Dezember stand nun nichts mehr im Weg.

Beim Rausgehen sah Norbert noch die extragroßen Raketen, die seitlich beim Verkaufstisch lagen. „Die hab ich vorhin noch gar nicht gesehen, die sind ja gewaltig groß." Er fragte den Verkäufer, was die kosteten. Der sagte, dass sie ein buntes Spektakel in der Luft vollführen würden und deshalb koste ein Stück 40 Schilling. Wenn er zwei nähme, gäbe er sie für 35 Schilling das Stück her. Norbert nahm das Angebot an, kaufte zwei Stück der Riesenraketen und versuchte, sie in seine Tasche zu geben. Doch die Holzstiele der beiden Raketen passten nicht ganz hinein und so ragten diese beim Reißverschluss aus der Tasche. Rene meinte, dass dies gefährlich sei, man sehe doch, was da in Norberts Sportasche drinnen sei. Doch dem war es egal, er wollte die größten und tollsten Raketen zünden, die in Liesing jemals abgeschossen worden waren. Sie klopften sich auf die Schultern, bedankten sich beim Verkäufer und verließen den dubiosen Laden in Richtung U1-Station Praterstern.
Als sie von der Lassallestraße in die Venediger Au einbogen, sprach sie plötzlich jemand von hinten an. Da stand ein groß gewachsener, gut gekleideter Mann und fragte die beiden, was sie in ihren Taschen hätten. „Das geht Sie gar nichts an", schnauzte Norbert zurück. Da hielt ihnen der Mann eine Blechmarke kurz vor ihr Gesicht. Befestigt an einer dünnen Kette, zog er diese aus seiner Hosentasche und meinte nur: „Und ob mich das was angeht! Öffnet sofort eure Taschen!" Sie erkannten in der Kürze kaum, was auf der Marke draufstand, aber Rene sah so etwas wie einen Adler und kombinierte sehr schnell. Für ihn war klar, dass es sich um einen Kriminalbeamten handelte. Norbert ignorierte zuerst die Anweisung des Fremden, doch Rene flüsterte ihm zu, dass es sich um einen Polizisten in Zivil handeln würde und öffnete

sofort seine Tasche. Norbert zögerte noch und überlegte, wegzulaufen. Der Mann erkannte sofort, was der Junge vorhatte, und riet ihm: „Das würd ich an deiner Stelle nicht tun, im ganzen Bezirk sind Kollegen von mir unterwegs und die schnappen euch sehr schnell. Und damit macht ihr alles noch viel schlimmer!" So übergab auch Norbert dem offensichtlichen Polizisten seine Tasche. Der räumte die gesamten pyrotechnischen Gegenstände in ein großes Sackerl, das er in seiner Jacke eingesteckt hatte. Als in ihren Sporttaschen nur noch die Eislaufschuhe waren, sagte der Mann mit strengem Blick zu ihnen: „Habt's a Glück gehabt, dass ihr so kooperativ wart's, deshalb mahne ich euch hiermit nur ab. Lasst's euch nicht mehr mit so vielen Krachern und Raketen erwischen, sonst setzt es eine Anzeige. Und jetzt schaut's, dass heim kommt's!"

Die beiden Liesinger Buben standen völlig erstarrt da und als Norbert den Fremden nach seinem Namen fragen wollte, war der schon längst verschwunden. „Kein Geld, kein Feuerwerk und wir wissen nicht einmal, ob dieser Kerl ein echter Polizist war oder ein Dieb!"

Rene versuchte, Norbert zu beruhigen und erzählte ihm vom Weihnachtsmoped, das sie im Februar ausgiebig testen würden. Norbert beruhigte sich kaum und fluchte über diesen vermeintlichen Polizisten. Da umarmte ihn Rene und bat ihn, mit der Flucherei aufzuhören, denn das kannte er zur Genüge von seiner Mutter. „Pfeif auf die Raketen! Unsere Freundschaft ist mir wichtiger als alles andere auf dieser Welt. Auch ohne die ganzen Kracher werden wir einen richtig tollen Silvesterabend haben. Wir schnappen uns die Dachbodenschlüssel von deinem Vater, klettern aufs Dach der 28er Stiege und schauen uns von ganz oben die Feuerwerke an. Da haben wir den besten Überblick über

Perchtoldsdorf und halb Liesing.“ Norbert beruhigte sich, schulterte seine Sporttasche und bedankte sich bei Rene für seine Freundschaft. Silvester 1982 auf 1983 konnte kommen.

DIE CARRERA-RENNAUTOBAHN, BIG JIM UND DAS COWBOY FORT

Eine Geschichte, die sich so oder so ähnlich Ende der 1970er Jahre am 24. Dezember in der Per-Albin-Hansson-Siedlung-Ost in Wien Favoriten, dem 10.Wiener Gemeindebezirk, ereignete.

FAVORITEN
10. Wiener Gemeindebezirk
Fläche: 31,8 km²
Einwohner: 212.255
(1. Jänner 2022)

Es war ein nebelig grauer Morgen im Wiener Randbezirk Favoriten. Alles war ruhig, die Geschäfte hatten geschlossen, es regnete leicht. Der Schnee der vergangenen Tage war kaum noch zu sehen, Rodeln oder Eislaufen am Laaerberg war leider auch nicht möglich, weil zu wenig Schnee lag und es bereits zu tauen begann. Am „Ententeich" war zwar eine dünne Eisschicht, aber ans Eislaufen war für die beiden eislaufbegeisterten Kinder nicht zu denken und an Eintritt zu bezahlen am Wiener Eislaufverein schon gar nicht. Außerdem, wie sollte man da nur hinkommen und vielleicht hatte der ja am 24. Dezember geschlossen. Dafür gab es bei den Eltern der beiden Jungs aus Wien Favoriten wenig Interesse. Sie waren mit Weihnachten bereits ab dem Einkauf des Adventskalenders Ende November vollkommen überfordert und somit fragte man sie besser gar nicht erst nach einer Eislaufalternative.

Jeder der Brüder hatte dieses Jahr einen eigenen Adventkalender bekommen. Hinter jedem Türchen gab es ein Weihnachtsbildchen. Ein Stück Schokolade dahinter wäre ihnen lieber gewesen, aber so einer mit Schokoinhalt war sehr selten und teuer, also mussten sie sich mit schönen Weihnachtsbildern begnügen.
Mit jedem Türchen, das sie öffneten, stieg für die Kinder von Tag zu Tag und von Stunde zu Stunde die Anspannung, das Christkind heuer vielleicht doch mal sehen zu können. Ihr Plan war, es mit ihrer Schnelligkeit zu überraschen. Das hieß, wenn das Christkind die Weihnachtsglocke läutete, mussten sie von ihrem Kinderzimmer ins Wohnzimmer einen Sprint hinlegen, um schneller dort zu sein als das Christkind wegfliegen konnte. Einmal nur das Christkind zu sehen, für einen kurzen Augenblick, das war ihr größter Wunsch.

Beim Frühstück im Gemeindebau der Per-Albin-Hansson-Siedlung-Ost am 24. Dezembers hielt sich die Anspannung der beiden Kinder, die im ersten Stock der Stiege 112 in der etwa 75 m² kleinen Wohnung auf Türnummer 5 wohnten, noch in Grenzen.
Die Familie besaß bereits ein Schwarz-Weiß-Fernsehgerät. Der moder-

ne weiße Kapsch-Fernseher, mit Sensortasten und einer bunt beleuchteten Gondel oben drauf, sowie die quadratische
riesengroße Funkfernbedienung dazu, der zog erst Anfang der 1980er Jahre gemeinsam mit dem VHS-Videorecorder in die Wohnung der Familie ein und hielt sich dort viele Jahre lang, fast wie ein Familienmitglied oder aber auch wie ein Wohnzimmeraltar.
Dieses Schwarz-Weiß-Fernsehgerät hatte schon mehrmals, nicht nur zu Weihnachten, den Familienfrieden gerettet.
Am 24. Dezember startete das Fernsehprogramm des öffentlichen Rundfunks, auf FS 1, bereits um neun Uhr Früh mit echtem Kinderprogramm. Die besten Filme, wie etwa die von Walt Disney, real oder in Zeichentrick, flimmerten da bereits frühmorgens über den Bildschirm des TV-Geräts.
Wenn man den Fernseher üblicherweise während des Jahres um diese Uhrzeit aufdrehte, das durften Kinder nur, wenn sie mit einer Verkühlung oder einer anderen Kinderkrankheit von der Schule zu Hause waren, zeigte das öffentlich-rechtliche Fernsehen – der ORF – auf einem seiner zwei Kanäle nur Schulfernsehen. Für Kinder und vor allem für Jugendliche eine Qual. Gestartet wurde mit „Russisch für Anfänger", danach gab es die Kindersendung „Am dam des", mit dem unlustigsten Clown und den uninteressantesten Geschichten der „Am dam des-Tanten" (Männer durften da noch nicht für Kinder moderieren, außer als Clown verkleidet). Der Schwachsinn gipfelte dann in „Wer bastelt mit", wo der „Fernsehbastellehrer", eine äußerst unsympathische Person (bei Handwerkersendungen wiederum durften nur Männer vor die Kamera), den Fernsehkindern immer wieder gerne mal auf die Finger klopfte, wenn sie etwas falsch gearbeitet hatten. Doch die Kinder der

1970er Jahre nahmen all diese Sendungen hin und verharrten vor dem Fernsehkastel, weil sie doch wussten, dass um 10:30 Uhr der Vorabendfilm nochmals ausgestrahlt wurde. Da zeigte man Krimis, Western oder manchmal sogar ein Franz-Antel-soft-sexy-Filmchen, wo maximal eine nackte Frauenbrust gezeigt wurde. Großes Interesse bewirkten die Cowboy- und Actionfilme bei den Kindern, aber doch keine nackten Frauenbrüste. Diese „Erwachsenen-Filme" waren nur zum Angeben in der Schule gut, interessiert hatten die keinen der Schüler in diesem Alter.
Auch die Serie „Der Seewolf" mit Raimund Harmsdorf sorgte am Tag nach der Erstausstrahlung in den Schulen und an vielen Arbeitsplätzen in ganz Österreich für Gesprächsstoff. Der Hauptdarsteller der Serie zerdrückte da eine rohe Kartoffel mit seiner bloßen Hand. „Wie war das nur möglich?", dachten viele und auch die beiden Jungs aus Wien-Favoriten probierten es natürlich auch selbst aus. Die rohe Kartoffel war hart wie Stein und so gaben sie recht schnell den Kraftakt auf.
Es funktionierte einfach nicht. Der Hauptdarsteller war eben der „Seewolf" und sie nur kleine Jungs aus der Vorstadt.
Als Muhammad Ali am 30. Oktober 1974 um 3 Uhr Früh seinen Kampf gegen George Foreman gewann, übertrug der ORF dieses Sportereignis live via Satellit in die heimischen TV-Kasteln. Halb Österreich sprang für diesen Kampf aus den Federn, obwohl man nur sehr schwer auf Grund der Bildqualität erkennen konnte, welcher Boxer aus welcher Ecke kam. Denn der Moderator kommentierte den Boxkampf mit den Worten: „Und hier sehen Sie nun George Foreman in der roten Hose und Muhammed Ali in der anderen Ecke in den weißen Shorts." Doch nicht mal zehn Prozent der ÖstereicherInnen hatten ein Farbfernsehgerät. So konnte man nur raten, wer welcher Boxer war.

Die „rohe“ Kartoffel und der „Rumble in the Jungle“ waren die Highlights für das österreichische Fernsehpublikum in den 1970er Jahren.

Nicht so an Heiligabend. Da war Kinderprogramm vom Feinsten angesagt. Von Pan Tau über Louis de Funès, von Tom & Jerry bis Michel aus Lönneberga, von „Drei Haselnüsse für Aschenbrödel“ bis hin zu

„Charlie und die Schokoladenfabrik“ mit Gene Wilder. Für jede Altersgruppe war etwas dabei.
Der ORF zog am 24. Dezember alle Register und zeigte sogar Filme, die man sonst nur im Kino sehen konnte. Ein Kinobesuch war genauso abstrakt für die Arbeiterfamilie, wie für das Eislaufen Geld zu bezahlen. Das Motto des Vaters lautete: „Eislaufen könnt ihr gratis am Teich und Filme gibt es gratis im TV-Gerät daheim.“

Zu Mittag mussten die beiden Kinder kurz den Fernseher verlassen, um eine Kleinigkeit zu essen. Es gab nur etwas Einfaches, da am Abend so wieso gevöllert wurde. Essen ist für Kinder im Volksschulalter eher eine Notwendigkeit und im Normalfall völlig egal, schnell, süß und einfach muss es sein und am 24. Dezember erst recht.
Wirklich wichtig war doch nur: „Was wird das Christkind bringen und hat das Christkind meinen Wunschzettel sorgfältig gelesen!?“ Den Wunschzettel schrieben die Brüder gemeinsam mit ihrer Mutter und ab Mitte Dezember legten sie diesen auf die Fensterbank, draußen am kleinen Balkon. Eingepackt in ein Kuvert und darauf einen Stein, damit der Wind ihn nicht holen konnte. Das wäre eine Tragödie gewesen, denn die Kinder versuchten schon ab dem 1. Dezember, so richtig brav zu sein, und halfen sogar im Haushalt mit. Als ihr Vater ein paar Tage vor den Weihnachtsfeiertagen mit zwei gelben Julius-Meinl-Sackerln nach Hause kam, wussten die Kinder, nun kann es nicht mehr lange dauern bis Heiligabend.
Der Inhalt der Sackerl, auf denen ein Mohrenkopf abgebildet war, über dem „Julius Meinl“ stand, war richtig exotisch für die ganze Familie. Man kannte den Konsum-Supermarkt im Einkaufszentrum der Hans-

son-Siedlung, den kleinen Greißler, das sogenannte „Mini Kaufhaus“, aber einen Julius-Meinl-Supermarkt kannte die Familie nicht. Den gab es nicht in den Wiener Randbezirken, nur in den inneren Bezirken. Prall gefüllt mit ganz besonderen Leckereien waren diese Sackerl. Da gab es die echten Schwedenbomben, Schokobananen, sternförmige Windbäckereien, Rumkugeln, die meist dem Vater vorbehalten waren, Gummitiere in allen Varianten, Manja Riegel, After Eight Pralinen in der edlen dunkelgrünen Verpackung mit den Goldverzierungen an den Rändern und die PEZ-Zuckerl mit den dazugehörigen Spendern. Die gelben Sackerl waren das Weihnachtsgeschenk von der Firma Freissler OTIS, für die der Vater bereits seit vielen Jahren arbeitete. Außer den Köstlichkeiten gab es noch einen Tausend-Schilling-Schein in einem Weihnachtskuvert. Der blaue Schein war für die Eltern etwas ganz Besonderes, das merkten die zwei Jungs sofort, doch ihnen war der Schein völlig egal. Bei ihnen zählte der Inhalt, den man gleich vernaschen konnte.

Außer den Spezialitäten war da auch „Füllmaterial“ in den Geschenksackerln drinnen: Zuckerl, die nicht so gut schmeckten. Die wurden verarbeitet zu Christbaumschmuck. In der Vorweihnachtszeit wurden diese in Seidenpapier mühsam und einzeln eingerollt, anschließend in einem Korb aufbewahrt und im Wohnzimmer abgestellt, damit das Christkind diese auf den Weihnachtsbaum hängen konnte. Die Familie hatte in ihrer Wohnung auch einen kleinen Balkon – da versteckte der Vater jedes Jahr den Weihnachtsbaum. Am 23. Dezember wurde dieser, wenn die Kinder bereits schliefen, vom Vater ins Christbaumkreuz geschlagen, um am nächsten Tag geschmückt zu werden zu.

Nach dem Mittagessen am 24. Dezember mussten die beiden Jungs das Wohnzimmer verlassen, doch da stand der Fernseher im Pressspanplatten-Wandverbau. Obwohl für den Nachmittag von der „Fernsehansagerin“ richtig tolle Filme angekündigt worden waren, ordnete die Mutter der Familie einen Spaziergang mit dem Vater an. Sie zogen sich ihr Wintergewand an und die warme, doch sehr kratzige Wollhaube über, um für den endlos langen Spaziergang gut und wohlig warm eingepackt zu sein.
Den Sinn darin, in der Kälte herumzulaufen, sahen die Kinder nicht. Auch dem Vater, der viele andere Väter im Siedlungsareal mit ihren Kindern umherwandern sah, nervte das Zeit-Totschlagen in Form eines ziellosen Umhergehens auch sehr. Die Kinder machten das Beste daraus und stachelten sich gegenseitig an, dass sie das Christkind gesehen hätten. Der Vater beschwichtigte sie immer wieder, indem er meinte, dass das Christkind noch nicht unterwegs sei, da es nicht dunkel genug sei. Er bemerkte dabei gar nicht, dass er seinen Kindern beinahe die letzte Mystik, wenige Stunden vor der Bescherung, an diesem Nachmittag des 24. Dezembers nahm. Doch die beiden Jungs ließen sich nicht aus ihrer Fantasiewelt entreißen, oder gar entzaubern und träumten einfach weiter. Ganz im Gegenteil steigerten sie sich immer mehr in ihre Vorstellung hinein, dass sie das Christkind noch heute sehen würden. Es müsse doch schon längst in der Siedlung, wo sie wohnten, umherschwirren, wie sonst konnte es all die Geschenke in die unzähligen Haushalte liefern! Es müsse wohl unsichtbar sein und nur manchmal sichtbar werden. Es werde ein Teil von seinem weißen Kleid durchschimmern oder man werde die Spitze eines seiner Flügel durchblitzen sehen. Nur der Vater sehe es nicht, weil doch all die Jahre und

an den vielen Weihnachten, die er schon erlebt hatte, eine Begegnung mit dem Christkind nie stattgefunden und er seine Hoffnung bereits aufgegeben hatte, es wirklich einmal sehen zu können.
Doch für die Kinder war es allgegenwärtig. Es nur einmal kurz zu sehen und den anderen Kindern davon erzählen zu können, würde einen selbst zum Helden machen. Bei so einer Begegnung könnten sie das Christkind bitten, doch mehrmals im Jahr zu kommen, um Geschenke zu bringen, das würde auch die Eltern entlasten, da das Christkind doch wirklich alles herbeizaubern konnte - natürlich gratis, wenn man nur richtig brav war.
Eines der wichtigsten Ziele im Leben eines Kindes der 1970er Jahre war, so viele Spielsachen wie nur möglich zu besitzen, jedenfalls mehr als die Nachbarskinder. Dafür wäre doch das Christkind da, wieso kommt es nur einmal im Jahr? Es muss ja nicht jedes Kind besuchen, nur zu den wirklich braven sollte es mehrmals kommen und da zählten sich die beiden Buben dazu.

Schließlich wussten sie bereits, wie viele unerreichbare Spielsachen es gab. Die dicken Versandhauskataloge erschienen schon im Herbst und flatterten gratis in jeden Haushalt Wiens. In diesen dicken Katalogen gab es ganz viele Seiten mit den buntesten Bildern vom besten und actionreichsten Spielzeug.
Als dann auch noch im Süden von Wien im Jahre 1976 das erste Riesenkaufhaus, die Shopping City Süd, eröffnete, konnte man dieses tolle Spielzeug das erste Mal auch ganz in echt sehen und sogar ausprobieren. Ein Schlaraffenland, ein Paradies für Kinder und Erwachsene. Es gab einmal im Monat den „langen Einkaufssamstag". Doch vor Weih-

nachten durften die WienerInnen an allen Samstagen im Dezember lange einkaufen.
Vor Weihnachten Ende der 1970er Jahre besuchte die Familie aus Wien-Favoriten, das erste Mal diesen Einkaufstempel.
Shopping, Shopping, Shopping – Shopping City Süd! erklang die Werbehymne aus dem Autoradio ihres Vaters. Er war ganz stolz auf seinen nicht sehr familienfreundlichen hellblauen Ford Cortina Coupé mit schwarzem Vinyldach.
Ob man einen Parkplatz ergatterte, an einem dieser langen vorweihnachtlichen Samstage, war natürlich äußerst fraglich und wenn es um eine freie Parklücke ging, gab es keinen Weihnachtsfrieden mehr. Parkplatzprügeleien waren an der Tagesordnung. Die Nerven der Familienväter lagen blank. Gefühlt rollte die ganze Bundeshauptstadt mit ihren frisch gewaschenen Pkws in Richtung Süden. Man fuhr nach dem Frühstück um etwa 9 Uhr früh von zu Hause weg in die etwa 15 Kilometer entfernte Einkaufs-City. Von der Per-Albin-Hansson-Siedlung nach Brunn am Gebirge betrug die Fahrzeit an einem ganz normalen Wochentag in etwa 15 Minuten. In der fröhlichen Weihnachtszeit musste man, inklusive Parkplatzsuche, mindestens zwei Stunden Fahrzeit einberechnen.
Doch dann eröffnete sich ihnen das Paradies. Die vielen Besucher blendeten die beiden Jungs aus, denn sie sahen nur noch die Spielzeugabteilung im Riesensupermarkt Carrefour. Nicht nur die Augen der Kinder leuchteten, auch das Spielzeug selbst blinkte, blitzte und spielte sogar tolle Melodien. Die beiden wussten, dass dieses tolle Zukunftsspielzeug unerreichbar für sie war, sie schrieben es nicht einmal auf ihren Wunschzettel ans Christkind, aber in diesem Einkaufsschlaraffenland

durfte man es zumindest einmal ausprobieren. Meistens waren die Batterien der noch sehr einfachen elektronischen Spielzeugkonsolen von den vielen anderen Kindern schon leergespielt und die Verkäufer machten keine Anstalten, neue hineinzugeben. Ein paar dieser ausgestellten Geräte funktionierten dennoch und man spielte so lang, bis ein Angestellter kam und die Kinder mit den Worten: „Ned spielen den gonzen Tog, sondern kaufen!“, vertrieb.

Von solchen Worten ließen sich die Schlaraffenlandbesucher mit ihren leuchteten Augen wirklich nicht abbringen weiter zu träumen, dass all dieses Spielzeug einmal bei ihnen im Kinderzimmer stehen würde und sie damit spielen konnten, wann immer sie wollten.

Da standen: die selbstfahrende Rennmaschine, auf der Evel Knievel über die dazugehörige Sprungschanze schoss, der große Campingwagen von Big Jim, das handliche, mit roten Leuchtdioden versehene Space-Invaders-Computerspiel, eine elektronische Schiffe-Versenken-Konsole mit einer großartigen Soundkulisse, eine Carrera-Rennautobahn mit leuchtenden Scheinwerfern der Autos und Spurwechsel mittels eines Lenkrades am Joystick, der orange Mercedes C111 mit Kabelfernsteuerung, der sprechende R2D2 und die dazu mit Sound ausgestatteten Raumschiffe aus Star Wars, der grüne Slime-Becher, die Riesen-Legopackungen und das Cowboy Fort aus echtem Holz und die dazu passenden Figuren. Mädchen waren in dieser Abteilung des Kaufhauses nur selten anzutreffen. Für sie gab es Puppen in allen Variationen und die dazugehörigen Puppenküchen und Kinderwägen, aber die wenigsten Mädels zeigten Interesse an elektronischen Spielkonsolen

oder Actiongames.
Obwohl die eine oder andere Puppe echt toll war – die konnten teils sprechen und weinen und wenn man sie mit einem Plastikfläschchen fütterte, hörten sie auf zu schreien –, zeigte man sich als Junge nicht in dieser Abteilung. Das wäre sehr uncool gewesen.

Doch all dieses Spielzeug konnte sich das Christkind nicht leisten. Das teilten die Eltern den beiden Kinder schon im Auto mit, noch bevor sie ins Paradies, also in die Spielzeugabteilung der SCS, eintraten, mit der Rechtfertigung, sie wüssten das, weil sie einen besonderen Draht zum Christkind hätten. Mit einer Reizüberflutung und dem Traum, dass das Christkind sie doch mal erhören würde, verließ die Familie den Einkaufstempel nach ein paar Stunden wieder und fuhr zurück in die triste graue Siedlung am Stadtrand von Wien.

Die Erinnerungen an den bunten Einkaufstempel, den sie einige Tage zuvor mit ihren Eltern besucht hatten, waren für die Kinder an diesem nebeligen 24. Dezember noch so präsent, dass ihnen gar nicht auffiel, dass es bereits dämmerte. Ein Dunkelgrau löste das etwas hellere Grau ab und so beschloss ihr Vater, in die Wohnung zurückzukehren.
In der warmen Küche stand noch warmer Schwarztee, der Vater bekam von seiner Frau Wein serviert und alle vier warteten bis es dunkel wurde. Von Minute zu Minute wurde es für die Kinder spannender. Der Glaseinsatz in der Wohnzimmertüre war mit einem weißen Leintuch zugedeckt, der Zutritt war strengstens verboten. Doch wenn man aufs Klo musste, führte der Weg dorthin an der Wohnzimmertüre vorbei. Ganz langsam schlichen die Kinder, die mehrmals in diesen spannen-

den Minuten so kurz vor der Bescherung aufs Klo mussten, an dieser Festung vorbei. Sie schlichen sehr leise, um das eine oder andere Geräusch dahinter eventuell wahrnehmen zu können. Denn das Christkind war sicherlich jetzt gerade hinter der abgedeckten Glaswand mit dem Baumschmücken beschäftigt und hoffentlich mit dem Verteilen der vielen Geschenke unter dem Baum. Die Mutter schimpfte und schickte die Kinder in ihr gemeinsames Zimmer, um sich das schöne Festgewand anzuziehen und um das Christkind ja nicht zu stören, sonst könnte es sich in letzter Sekunde es nochmal anders überlegen und wegfliegen. Das wollten die beiden dann doch nicht riskieren und verschwanden im Kinderzimmer. Das Geschwisterpaar zog sich die grauen Cordhosen an, die nicht nur extrem juckten, sondern auch äußerst unbequem zu tragen waren, frische Socken, weiße Hemden und die schwarzen Hausschuhe mit einer abgetragenen Ledersohle ohne Grip. Für sportliche Zwecke völlig ungeeignet.

Intuitiv wussten die beiden: Nun konnte es sich nur noch um Sekunden handeln. Die Startpositionen wurden eingenommen. Sie saßen auf der Schwelle ihres Zimmers bei geöffneter Türe. Es sah aus wie beim Start eines 100-Meter-Laufs. Es konnte doch jederzeit die Startglocke läuten. Dann hörten sie, wie ihr Vater die Wohnzimmertüre leise öffnete und sich hineinschlich. Wieso durfte der das? Aber auch das war jetzt egal, so knapp vorm Start.

Und dann plötzlich ertönte die Glocke. Der jüngere Bruder hatte einen besseren Start hingelegt, da der Größere nicht aufmerksam genug gelauscht hatte.

Auf der langen Startgeraden, dem Vorzimmer, lag der Kleine noch vorne, doch dann verlief die Strecke scharf rechts ins Wohnzimmer mit einer Engstelle, der Wohnzimmertüre. Und da passierte es. Der Größere der beiden drängte seinen kleinen Bruder gegen den Türstock, dieser schlug hart mit dem Kopf auf. Durch den Adrenalinausstoß bemerkte er erst gar nicht, dass er stark blutete, und lief weiter. Der Ältere bremste zu spät, lief beim Vater vorbei, der völlig wortlos und erstaunt dastand, versuchend, die Glocke, mit der er geläutet hatte, hinter seinem Rücken zu verstecken und raste ungebremst in den Christbaum. Zum Glück hatte der Vater vergessen, die Sternensprüher anzuzünden. Der starke Aufprall des Kindes gegen den Baum löschte wie durch ein Wunder alle Kerzen gleichzeitig aus, zudem war keine einzige Christbaumkugel zerbrochen. Auch der große Bruder blieb unverletzt, der Baum wirkte wie ein Airbag für ihn. Nur der jüngere Bruder erlitt eine Platzwunde und eine leichte Gehirnerschütterung und irrte ein wenig benommen im Wohnzimmer umher. Man konnte seine Wege im Zimmer leicht nach vollziehen, da er eine ziemlich deutliche Blutspur hinterließ.

Der Vater stellte den Baum wieder auf, dabei läutete er ständig, weil er die Glocke in der großen Sakkotasche trug und die Mutter schrie und heulte gleichzeitig. Trotz des Schrecks, als er seinen Sohn an ihm vorbeirasen sah, den anderen Sohn mit der Wunde an seinem Kopf, die Mutter schreiend, glaubte er an diesem heiligen Abend wieder an Wunder und an das Christkind. Sogar die Geschenke waren alle unversehrt geblieben. Die Wunde des Kleinen war schnell verarztet, er bekam einen Verbandsturban, der Vater stieg um auf Cognac und die Mutter auch. So schrecklich die paar Sekunden gewesen waren, so toll war dieser Moment für ihn. Endlich konnte er wieder ans Christkind glauben. Und ganz insgeheim dachte er, als sein Sohn an ihm vorbeiraste in Richtung Baum, dass er das Christkind sah, das sein Kind abbremste und gleichzeitig alle Kerzen löschte.

Nach dem Intonieren der ersten Strophe von „Stille Nacht, heilige Nacht“ und einer Moralpredigt der Mutter an die ganze Familie mit der Message „Das Christkind sieht alles und es merkt sich auch alles“, durften endlich die Geschenke geöffnet werden.
Das Weihnachtswunder an diesem Heiligen Abend ging weiter, als der ältere der beiden Kinder eine Carrera-Rennautobahn ohne Spurwechsel und einen mit Kabel ferngesteuerten Jeep auspackte. Der Jüngere bekam vom Christkind den Campingbus von Big Jim und ein Cowboy Fort aus echtem Holz mit dazugehörigen Figuren. Am Morgen des 25. Dezembers wachten die beiden sehr früh auf, um sicherzugehen, dass der Vorabend kein Traum gewesen war und die Geschenke alle echt. Nachdem ihre Mutter den Verband gewechselt hatte, bauten die Brüder gemeinsam die Rennautobahn um das Cowboy Fort auf und Big Jim fuhr abwechselnd mit dem Jeep und mit seinem Campingbus durch die ganze Wohnung.

DER MODERATOR IN DER GRUFT

Eine Geschichte, die sich so, oder so ähnlich rund um den 24. Dezember 1996 im 6. Wiener Gemeindebezirk - Mariahilf, ereignete.

MARIAHILF
6. Wiener Gemeindebezirk
Fläche: 1,455 km²
Einwohner: 30.958
(1. Jänner 2022)

Im Advent 1986 wurde auf Initiative von Albert Gabriel, einem römisch-katholischen Theologen und Pater, mit Unterstützung der Schüler des naheliegenden Amerling-Gymnasiums unterhalb der Mariahilfer Kirche in der sogenannten Gruft – einem ehemaligen Pestfriedhof – eine Wärmestube für Obdachlose eingerichtet.

Das Gotteshaus in Wien Mariahilf wird auch gerne Barnabitenkirche genannt und seit über 30 Jahren bietet dort die „Gruft", Wiens wohl bekannteste Caritas-Einrichtung, eine „Überlebensstation" für auf der Straße lebende Mitbürger. Sie gibt ihnen einen sicheren Zufluchtsort und, noch viel wichtiger: menschliche Wärme. 365 Tage im Jahr. Rund um die Uhr! Betroffene erhalten in der Gruft ein warmes Essen, einen Platz zum Schlafen, saubere Kleidung und die Möglichkeit zu duschen. Das Team der Gruft unterstützt obdachlose Menschen auch dabei, wieder in der Gesellschaft Fuß zu fassen.

An diesem Heiligen Abend 1996 war der Speisesaal der Unterkirche in der Barnabitengasse zum Bersten voll. Es war 17 Uhr geworden und ein junger Priester, gekleidet in seiner schönsten Weihnachtsrobe, Soutane, Chorhemd und darüber die violett schimmernde Stola, erschien in der Unterkirche. Gleich neben dem in der Ecke des Speisesaales stehenden, sehr mickrigen und bereits vertrockneten Weihnachtsbaum, der den wenigen Baumschmuck kaum noch tragen konnte, da seine Äste schon sehr schwach waren, und ihn vielleicht deshalb auch nur ein paar wenige Kerzen erhellten, platzierte sich der Geistliche, um seine Weihnachtsansprache zu halten.

Als der Priester die Stufen in die Unterkirche herabstieg, erschien er einigen Anwesenden in diesem Moment wie ein Heiliger, der den Speisesaal betrat. Die vorher sehr geistesabwesend schauenden obdachlosen und hilfsbedürftigen Menschen erhoben sich plötzlich und zollten dem Kirchenmann Respekt.

Ein paar von ihnen bekreuzigten sich, und andere wiederum blieben einfach sitzen, weil sie schon zu müde, oder zu alkoholisiert, noch vom Vortag waren, um sich zu erheben. Draußen auf der bereits menschenleeren Mariahilfer Straße wehte ein eisiger, nasskalter Wind. In der Unterkirche war es stickig und heiß, denn der Saal war völlig überfüllt, nicht ein Stuhl war noch frei. Es roch ein wenig nach Schweiß, Urin und Alkohol. Doch der aromatische Duft des frischgekochten Weihnachtsessens überdeckte die üblen Gerüche und die Menschen freuten sich schon auf das leckere Menü. Es gab Nudelsuppe, Schweinsbraten mit Sauerkraut, dazu Semmelknödel, und als Nachspeise Schokokuchen, dazu Wasser, Tee oder Kaffee.

Der Blick aus den teilweise fahlen, ausdruckslosen Gesichtern, mit massiven Augenringen darin, war alles andere als weihnachtlich gestimmt. Zwischen den hilfsbedürftigen Menschen saßen die Helfer der Caritas, sie blitzten mit ihren schicken weißen Hemden aus der Masse heraus. An diesem Abend saß auch ein sportlich, elegant gekleideter junger Mann am Rande eines großen Tisches, gleich beim Weihnachtsbaum neben dem Priester. Er wirkte ein wenig verloren, als hätte er die Location verwechselt. Er war gekleidet wie für ein Weihnachtsclubbing in den Sofiensälen, aber nicht für ein Heiligabend-Essen in der Wiener Gruft. Was war passiert? Hatte ihn seine Freundin aus der gemeinsamen Wohnung geworfen? War auch er ein Obdachloser und saß hier im feinen Gewand, das er von einem Wohltäter als Weihnachtsgeschenk bekommen hatte? Oder hatte er eine Wette verloren?

Nein, ganz und gar nicht. Er war ein junger, aufstrebender Radiomoderator beim ORF.
Karrieregeil bis in die Zehenspitzen. Sein Motto: „Bitte mehr und mir dann alles!“ Sein erklärtes Ziel: Hauptmoderator der Morgenshow zu werden. Harry Hahn moderierte jede Sendung, die ihm zugeteilt wurde, und er sprang auch sofort für krankgewordene Kollegen ein.

So übernahm er auch die Morgenshows zu den Weihnachtsfeiertagen, die waren nicht sehr beliebt bei den anderen Moderatoren. Um die riss sich niemand am Sender. Das ganze Jahr über durfte er auch an den Wochenenden die Morgenmoderationen übernehmen.
Für diese Weihnachten hatte er sich ein Konzept für seine morgendlichen Sendungen überlegt, um die Hörerquote zu steigern. Angesagt und im Trend lag heuer, wie er aus diversen Medien vernahm: Charity! Etwas für wohltätige Zwecke zu tun war ihm zwar fremd, aber es klang toll und für seine Kariere dienlich und vielversprechend. Er hatte am Sonntag den 23. Dezember in seiner Morgenshow die Bäcker der Stadt aufgerufen, sie sollten doch ihr nichtverkauftes Brot und Gepäck für ihn in Kisten weglegen, er würde sie dann persönlich, nach seiner Sendung am 24. Dezember abholen. Diese Aktion hatte er schon Wochen zuvor geplant und promotete das „Broteinsammeln" zu karitativen Zwecken in vollen Zügen aus. Harry schickte eine Presseaussendung an diverse Tageszeitungen, Wochenillustrierte, und natürlich brüstete er sich selbst in seiner Morgenshow am 24. Dezember mit dieser Aktion – „Brot für die Obdachlosen". Und er, der junge Moderator, lieferte es persönlich an die Gruft.

Harry hätte auch das Talent zum Politiker gehabt. Seine Stärken waren persönliches Charisma, rhetorische Wendigkeit und er konnte gut mit den Emotionen anderer spielen. Dazu kam auch noch sein riesiges Engagement, wenn er von einer Sache überzeugt war, dafür einstand und es auch noch für ihn einen Benefit abwerfen würde, dann verbiss er sich ein Projekt.

Ein großer Autohändler stellte ihm einen Sportwagen zur Verfügung und ein Modehaus sein Outfit. Er engagierte einen Fotografen und startete mit dem Sportwagen die kleine Promo-Tour um seine Person. Er fuhr zu den Bäckereien im Umfeld des Radiosenders, um die paar wenigen Schachteln Brot und Gepäck einzusammeln. Der Sportwagen sah toll aus auf den Bildern, wo man ihn mit den abgeschwitzten Bäckermeistern bei der Übergabe der Brotkartons fotografierte. Doch der Kofferraum des BMW Z4 war maximal für eine Golftasche gedacht. Er ließ sich in allen Posen ablichten und belud das Auto mit nur vier Schachteln Brot. Zwei im Kofferraum und zwei am Beifahrersitz. Als er in der Barnabitenkirche ankam und die Schachteln einer Caritas-Helferin überreichen wollte, bat er sie, für ein Foto kurz in die Kamera zu lächeln. Sie sah ihn an, bedankte sich und sagte zu ihm, er solle doch mit hinunter in den Speisesaal kommen, da würde das Foto viel authentischer wirken. Harry war von ihrer Idee begeistert, doch sein von ihm bezahlter Fotograf winkte ab und teilte ihm mit, dass seine Familie bereits auf ihn warte und er die Fotosession nun abbrechen würde. „Auch meine Familie wartet schon auf mich, nun komm endlich", rief er ihm zu, während er schon mit der jungen Helferin die Stufen in die Unterkirche hinabstieg.

Kurz nach ihnen kam auch schon der Priester. Harry setzte sich in die Ecke neben den wackeligen Christbaum, es war der letzte freie Stuhl im ganzen Saal. Für Harry der perfekte Platz, um die Weihnachtsstimmung in der Gruft für die Pressebilder so authentisch wie nur möglich einzufangen.

Doch der Fotograf kam nicht. Inzwischen stellte sich der Geistliche in die Ecke, in der auch Harry saß, und bereitete seine Rede vor. Ein

Rauskommen aus dem dicht besetzten Speisesaal war nun unmöglich geworden und wäre auch respektlos gegenüber dem Priester und den hilfesuchenden Menschen gewesen. Für viele dieser Menschen war die Weihnachtsansprache etwas Wichtiges und fast schon Familiäres. Das Stimmengewirr wurde leiser und langsam kehrte Ruhe ein im Speisesaal der Gruft.

Harry Hahns Promotionaktion um seine Person – „Der junge Radiomoderator liefert Brot für die Obdachlosen in die Gruft aus" – ging voll in die Hose. Das wichtigste Foto, die Übergabe der Brotkisten, kam nicht zustande. Er hatte auch gelogen, als er dem Fotografen sagte, dass auch seine Familie auf ihn warten würde. Auf Harry wartete niemand. In seiner tollen Dachgeschosswohnung auf der Mariahilfer Straße, gleich ums Eck der Barnabitenkirche, lebte er ganz allein.

Als es ruhig wurde und der Geistliche sich zu räuspern begann, überkam ihm plötzlich ein Gefühl, welches er zum letzten Mal als Kind erlebt hatte, als er gemeinsam mit seinem Bruder auf das Christkind wartete. Die Stimmung im Raum war knisternd und angespannt.

Nachdenklich blickte er in den Raum. Wie in einem Super-8-Film erschien ihm die Szene in der Unterkirche plötzlich. Verwackelt, ausgebleichte Farben, so als würde er in einer Galeere sitzen, und die Mannschaft war vom Rudern schon sehr geschlaucht und ausgezehrt, doch hoffend, dass sie bald das Festland erreichen würden, um nach monatelanger Abwesenheit auf See wieder ihre Familien in den Arm nehmen zu können.

Doch die anwesenden Festgäste warteten nicht auf ihre Familie, die war schon da, sie warteten ungeduldig auf das besondere Weihnachtsmenü und sie hofften, dass die Rede des Priesters nicht allzu lange dau-

ern würde, weil die meisten von ihnen schon sehr hungrig waren. Das wusste der Geistliche auch, und so war seine Rede sehr kurz und stimmig und am Punkt. Und er begann seine Ansprache wirklich witzig, Harry war von der Anmoderation des Gottesmannes sehr beeindruckt.
„Meine lieben Damen und Herren, herzlich willkommen zu unserer kleinen Weihnachtsfeier in der Wiener Gruft. Schön, dass wir uns hier in der wunderbaren Barnabitenkirche zu Mariahilf versammelt haben. Welch großartiges Fest wir heute gemeinsam feiern dürfen, an diesem 24. Dezember 1996. Ein paar von Ihnen schauen ein bissl traurig, obwohl es so schön warm hier drinnen ist, weihnachtlich dekoriert und es bereits nach gutem Essen duftet – ah da fällt mir zum Thema Weihnachten ein Satz des Philosophen Sartre ein: „Es ist ein Fest der Freude, bei dem viel zu wenig gelacht wird.“ Nun, heute Abend werden wir diesen Herrn Sartre eines Besseren belehren! Was meinen Sie?“ Mit diesem Satz zauberte der Geistliche den meisten Menschen im Saal ein Lächeln auf die Lippen. Ein paar brachen sogar in großes Gelächter aus und andere begannen gar zu weinen.
„Weihnacht ist ja eine Zeit der Besinnung und des Innehaltens. Und so lassen Sie uns einen Moment innehalten, um uns zu bedanken, dass uns der Herr, die vielen freiwilligen Spender, die Caritas und einen junger Moderator vom ORF an diesem Festtag so reichlich beschenkt haben.“ Plötzlich fühlte Harry so etwas wie ein schlechtes Gewissen, denn er sah, was die anderen hier auf die Beine gestellt hatten und das ganze Jahr über leisteten, ohne dafür gerühmt zu werden. Der Priester lud nun offiziell ein, am Festessen teilzuhaben und fuhr mit seiner Rede fort: „Um Sie herum sind die Menschen, die ein ähnliches Schicksal wie Sie selbst erfahren haben. Aber auch Menschen, die Ihnen viel Zeit

schenken und die mit Ihnen auch viel Zeit verbringen; Ihnen zuhören und auch zu helfen, wenn es nötig ist. In unserer Gesellschaft, egal ob arm oder reich, bleibt meist kaum mehr Zeit für persönlichen Austausch und für zwischenmenschliche Beziehungen. Heute aber, am Geburtstag des Herrn, nehmen wir uns gemeinsam die Zeit genau dafür! Zeit zu reden, Zeit zu lachen, Zeit zu feiern und Zeit für wirklich gutes Essen. Ich hab schon in die Töpfe schauen dürfen und gesehen, welch feines Menü auf uns wartet. Dem Herrn, den lieben Köchinnen der Caritas und den vielen freiwilligen Helfern nochmals ein großes Dankeschön dafür. Doch bevor wir uns dem Festmahl hingeben, lasst uns noch gemeinsam ein Vaterunser beten!"

Fast mystisch erklangen die vielen verschiedenen Stimmen und jeder der Menschen im Saal sprach leise das Gebet mit. Es erklang beinahe meditativ. Auch Harry sprach die Worte des Vaterunsers mit, obwohl er das Gebet schon eine Ewigkeit nicht mehr rezitiert hatte. Die Situation war ihm ein wenig unangenehm. Da blickte ihn Hochwürden mit einem Lächeln in seine Augen an, er atmete tief durch und spürte, wie sich sein Geist und sein Körper entspannten. Es fühlte sich von einem Moment auf den anderen sogar sehr gut an und Harry fühlte sich in mitten seiner neuen Familie sehr wohl. Mit einem breiten Grinsen im Gesicht dachte er: „Von dem Geistlichen kann ich in allen Belangen nur lernen."

Kaum war das Gebet fertig gesprochen, servierten die Helfer das dreigängige Menü zu den Tischen. Gesprochen wurde kaum noch. Doch fast ohrenbetäubend war das Geklapper des Besteckes, des Geschirrs und die Schmatzgeräusche. In den Gesichtern sah man, wie das warme Essen allen im Saal sehr gut schmeckte. Es dauerte nicht lange, da wurde auch schon der dritte Gang serviert. Nach dem Schokokuchen stieg das Stimmengewirr im kleinen Speisesaal wieder an. Die Menschen begannen sich angeregt zu unterhalten. Die jungen Helfer der Caritas, die ihren Heiligen Abend freiwillig, ohne Bezahlung und ohne irgendeine Promotion um ihre Person hier verbrachten, hörten sich die Sorgen und Probleme der hilfesuchenden Menschen an und spendeten ihnen Zuversicht, Trost und gute Worte. Das beeindruckte Harry sehr. Er war Teil einer Familie, die er vor einigen Stunden noch gar nicht gekannt hatte. Was für ein Heiliger Abend. Er feierte schon seit Jahren diesen Festtag nicht mehr. Saß meist alleine zu Hause und sah fern, den Kontakt zu seinen Eltern hatte er vor einiger Zeit abgebrochen und auch

den zu seinem Bruder. Freundin hatte er zur Zeit wieder mal keine, denn seine Karriere und der Erfolg gingen vor. Die Arbeit am Sender fing ihn auf und gab seinem Leben einen Sinn.
Bis zu diesem Abend. Er fragte die junge Helferin, die ihn für das Foto in die Unterkirche gebeten hatte, ob er behilflich sein könne. Sie bat ihn, er solle sich mit den Menschen unterhalten, oder ihnen einfach nur zuhören. Dann bat sie ihn noch, ob er mit seiner tollen Stimme einige Gedichte vorlesen könnte?
Harry willigte sofort ein und las Advent von Rainer Maria Rilke,

Advent
Es treibt der Wind im Winterwalde
die Flockenherde wie ein Hirt
und manche Tanne ahnt, wie balde
sie fromm und lichterheilig wird,
und lauscht hinaus. Den weißen Wegen
streckt sie die Zweige hin – bereit,
und wehrt dem Wind und wächst entgegen
der einen Nacht der Herrlichkeit.
(Rainer Maria Rilke, 1875-1926, österreichischer Erzähler und Lyriker,
Quelle: Wikisource)

Harry pausierte gekonnt, um zu sehen, ob es die Leute interessierte, was er da von sich gab, oder ob sie schon eingeschlafen waren. Doch ganz im Gegenteil, sie hingen gespannt an seinen Lippen, applaudierten und riefen: „Lies weiter! Noch ein Gedicht!“ Er war höchst erfreut, denn eine so direkte Reaktion von Zuhörern kannte er ja gar nicht, wenn er im Radio moderierte. Und so las er weiter aus Rilkes Weihnachtsgedichten.

Die hohen Tannen atmen

Die hohen Tannen atmen heiser
im Winterschnee, und bauschiger
schmiegt sich sein Glanz um alle Reiser.
Die weißen Wege werden leiser,
die trauten Stuben lauschiger.
Da singt die Uhr, die Kinder zittern:
Im grünen Ofen kracht ein Scheit
und stürzt in lichten Lohgewittern, –
und draußen wächst im Flockenflittern
der weiße Tag zur Ewigkeit.

(Rainer Maria Rilke, 1875-1926, österreichischer Erzähler und Lyriker, Quelle: Wikisource)

An diesem Abend hätte er den ganzen Weihnachtsband von Rainer Maria Rilke, Erich Kästner, Theodor Storm, Joachim Ringelnatz oder die „Echten Wiener Weihnachtsgeschichten" von Roman Danksagmüller vorlesen können. Die Menschen waren sehr angetan, wie er die Gedichte interpretierte und natürlich von seiner außergewöhnlichen, tollen Stimme.

Gegen 21 Uhr 30 verließ Harry schließlich die Feier. Er musste sehr früh aufstehen, seine Morgenshow begann um 5 Uhr Früh. Dieser Heilige Abend, den er in der Gruft erlebt hatte, der würde für genug Stoff für seine nächsten Sendungen sorgen. Er parkte den BMW Z4 in der

Tiefgarage und fuhr mit dem Lift in das Dachgeschoss seines Wohnhauses. Als er oben ankam, standen seine Nachbarn vor ihrer Eingangstüre und kramten nach ihren Wohnungsschlüssel. „Frohe Weihnachten, Herr Nachbar, wollen Sie noch auf einen Absacker zu uns kommen?", fragten die beiden. Er kannte sie kaum, nur von einigen Begegnungen im Stiegenhaus, oder vom Lift. Sie wohnten noch nicht lange in der Wohnung neben ihm, grüßten freundlich, wenn man sich sah, und das war es auch schon. Harry war immer ganz aufgeregt, wenn er ihnen begegnete, er war richtig verschossen in die wunderhübsche Nachbarin, aber leider war sie verheiratet. Irgendwie passte die Einladung am Heiligen Abend gar nicht, ganz verlegen nahm er trotzdem an. Sein Kopf teilte ihm mit: „Geh schlafen, du musst morgen um 3 Uhr 30 aufstehen und quatsch die verheiratete Frau nicht blöd an", doch sein Geist war schwach und schon stand er in der Küche der Nachbarn.
Sie empfingen ihn sehr freundlich in ihrer sehr spärlich mit Weihnachtsschmuck dekorierten Wohnung und öffneten zur Begrüßung eine Flasche Arnauld Brut Grand Cru Rosé. Die drei prosteten sich zu und wünschten einander frohe Weihnachten. Sie plauderten über ihr Berufsleben und darüber, wo sie den Heiligen Abend verbracht hatten. Harry erzählte, dass er bei seiner „Familie" gewesen war, dass er die nun öfter besuchen möchte und dieser Abend sehr speziell für ihn gewesen war. Das Nachbarpärchen fand das interessant, fragten nicht weiter nach, sondern erzählten ihm von deren Familienbesuch im Haus ihrer Eltern. Harry sah sie fragend an und meinte: „Ihr wart beide bei euren Eltern, das ist sicher anstrengend, von einem Haus zum anderen zu fahren, dafür seid ihr aber schon sehr früh zurück. Waren wohl nur kurze Besuche. Ist aber verständlich, nun habt ihr noch den Abend für euch.

Danke für den Champagner, ich werd noch austrinken und mich dann zurückziehen, da ich sehr früh raus muss morgen." „Wir waren schon um 16 Uhr bei ihnen, glaub mir, über fünf Stunden sich die alten Weihnachtsgeschichten von ihnen anzuhören, sind wirklich genug."
„Bei wessen Eltern wart ihr?" Die beiden blickten ihn verdutzt an: „Bei unseren Eltern natürlich, wir sind Geschwister und meine Schwester wohnt nur vorübergehend bei mir, bis sie nach ihrer Trennung von ihrem Freund eine geeignete Wohnung für sich gefunden hat."
Harrys Augen begannen zu leuchten. Die Frau, auf die er so stand, war gar nicht verheiratet. Er bat um noch ein Glas von dem wunderbaren, rosafarbigen, perlenden Getränk. Der Bruder ging um Mitternacht zu Bett. Harry und die Nachbarin lachten und unterhielten sich ausgiebig die ganze Nacht. Bis Harry unterbrach, auf die Uhr blickte und zu ihr sagte; „Ich geh kurz rüber, um zu duschen und dann fahr ich in die Arbeit. Ich moderiere die Morgenshow und würde mich sehr über ein ausgiebieges Frühstück mit dir danach freuen." Die wunderschöne Frau gab ihm ein verstohlenes, geheimnisvolles Zeichen mit ihren Augen, nickte und küsste ihn auf die Wange.
Seine Morgenmoderation begann er mit: „Hier kräht Ihr Hahn – wunderschönen guten Morgen an diesem kalten Christtag! Wie war Ihr Weihnachtsfest gestern Abend? Ich selbst durfte den Weihnachtsengel kennenlernen und erlebte ein wunderbares Familienfest – und zum Thema Weihnachten fällt mir ein Satz des Philosophen Sartre ein: ‚Es ist ein Fest der Freude, bei dem viel zu wenig gelacht wird.' Ich weiß, es ist sehr früh morgens, aber wir werden heute diesen Herrn Sartre eines Besseren belehren! Was meinen Sie? Ich wünsche Ihnen einen angenehmen Christtag, hier ist John Lennon mit ‚Happy Xmas'!"

STILLE NACHT, HEILIGE NACHT – DAS ORIGINAL

Eine Geschichte, die sich so oder so ähnlich rund um den 24. Dezember 2001 in Rudolfsheim-Fünfhaus, dem 15. Wiener Gemeindebezirk, ereignete.

RUDOLFSHEIM-FÜNFHAUS
15. Wiener Gemeindebezirk
Fläche: 3,86 km²
Einwohner: 75.635
(1. Jänner 2022)

Der junge Musikstudent Xaver Schönbühl traf am 24. Dezember mittags mit dem EN 40467 der ÖBB, aus Salzburg kommend am Wiener Westbahnhof ein. Xaver studierte dort am Mozarteum Harfe. Er hatte eine kleine Ledertasche mit seinen Lehrbüchern und Noten mit dabei und einen Rucksack. Xaver freute sich schon riesig auf seine Eltern und auf seine Schwester, die er allesamt seit einigen Monaten nicht mehr gesehen hatte. Auch Tante Erika und Onkel Pauli hatten sich angekündigt, um mit der Familie den Heiligen Abend zu feiern. Tante Erika buk die besten Weihnachtskekse, die er jemals genascht hatte. Er war einfach nur glücklich und strahlte bei dem Gedanken an das weihnachtliche Festmahl und die leckeren Kekse von Tante Erika über sein ganzes Gesicht.

Seine Mutter hatte versprochen, dass es eine Bio-Weihnachtsgans zum Festmahl geben würde, dazu Rotkraut und Kartoffelknödel.

Als der Zug langsam in die Endstation rollte, schnappte er sich seinen Rucksack und begab sich mit einer Melodie auf seinen Lippen zum Ausstieg.
Er schlenderte den langen Bahnsteig am Westbahnhof entlang, den Rucksack cool über eine Schulter geworfen und pfiff ein beruhigendes Lied vor sich hin. Eine ältere Dame sah den jungen, sehr gut gelaunten Mann auf sich zukommen, und fragte ihn nach dem Weg zu Gleis 5. Er hielt sofort an und er erkundigte sich bei der sehr nobel und stilvoll gekleidete Dame, wo sie denn hinfahren wolle.
„In den Lungau, nach Mariapfarr", gab sie auf wunderbar Salzburgerisch preis.
„Ich weiß zwar, wo der Lungau ist, aber Mariapfarr kenn ich nicht. Zeigen Sie mir doch einmal Ihre Fahrkarte, dann kann ich Ihnen besser weiterhelfen."
„Kann es sein, dass Sie auch ein wenig im Salzburger Dialekt sprechen?"
Xaver lachte: „Ich bin eigentlich Wiener, aber ich studiere, wie meine Eltern meinen schon viel zu lange, in Salzburg, deswegen vielleicht diese Färbung meiner Sprache. Außerdem mag ich die verschiedenen Salzburger Dialekte sehr. "
„Darf ich fragen, welches Instrument sie in Salzburg studieren?"
Xaver blickte die Dame überrascht an.
„Am Mozarteum studiere ich Harfe, aber wieso wissen Sie, dass ich Musik studiere?"
„Als Sie so gut gelaunt am Bahnsteig entlanggingen und diese wunder-

bare Melodie vor sich hin pfiffen, da wusste ich sofort, dass Sie sehr musikalisch sind und dann sagten Sie mir noch, dass sie in Salzburg studieren würden, da musste ich nur ein wenig kombinieren. Außerdem stamme ich auch aus einer Künstler-, beziehungsweise Musikerfamilie. Nach so vielen Jahren, die ich nun schon auf dieser Welt bin, da erkennt man die kreativen Menschen sofort."

„Das beeindruckt und freut mich wirklich sehr. Darf ich fragen, aus welcher Musikerfamilie sie stammen?"

„Meine Großmutter hieß Elisabeth und war die Tochter von Franz Xaver Gruber."

„Oh mein Gott. Ihr Uropa ist der Grund, warum mir meine Eltern den Namen Xaver gaben. Sie waren immer so begeistert von seiner Geschichte, heute würde man sagen, sie sind „Fans" von Franz Xaver Gruber. Wenn ich das meinen Eltern heute Abend erzähle, glauben die mir das niemals!"

„Ich denke, Sie werden es ihnen glauben, denn ich möchte
Ihnen ...", da unterbrach Xaver die ältere Dame plötzlich und bat sie, sie solle doch Du zu ihm sagen.

„Gerne. Ich möchte dir etwas schenken, das ich schon so lange bei mir trage. Und ich denke, heute ist nicht nur der Augenblick gekommen, sondern du bist auch der richtige Mensch, dem ich dieses kleine Büchlein übergeben möchte."

In Xavers Augen konnte man ein großes Fragezeichen erkennen.

Die Dame griff in ihre Handtasche und überreichte ihm ein kleines Buch mit Ledereinband. Es sah sehr alt aus. Das erkannte man an der Patina des Ledereinbandes. Dennoch war es in einem sehr gutem Zustand. Als sie ihm das Buch überreichte und er es entgegennehmen

wollte, berührten sich kurz ihre Hände. Für Xaver war es ein magischer Moment. Ganz kurz kam es ihm vor, als würden Funken über seine Hände sprühen und er einen Engelschor singen hören.
„Was auch immer das ist, meine liebe Dame. Ich kann es nicht annehmen, wenn Sie es schon so lange bei sich führen. Es hat eine ganz besondere Energie und Geschichte, deshalb sollten Sie es weiterhin bei sich behalten."
Da entgegnete sie ihm: „Nein. Heute ist der Tag, es an dich, Xaver, ja, genau dich, weiterzugeben. Du findest darin Noten und Melodien, die noch nie jemand zuvor gehört hat."
Xaver warf einen Blick auf die erste Seite, da stand mit Hand geschrieben: „ F. X. Gruber und Texte von J. Mohr."
Als er weiterblätterte, sah er die Noten eines Weihnachtsliedes.
„Ja, da steht die Urfassung von Stille Nacht, heilige Nacht. Der Text und die Melodie waren noch ein wenig anders, als man es heute auf der ganzen Welt kennt. Es waren seine ersten Aufzeichnungen zu diesem Lied," erklärte ihm die Dame. Die Urversion begann mit: „Ruhige, ewige, friedliche Nacht." Das stand in dem Büchlein, von Hand in Kurrentschrift geschrieben. Da waren Noten hingekritzelt, durchgestrichen, ausgebessert, darübergeschrieben – Xaver hielt Musikgeschichte in seinen Händen. Er betrachtete unvollendete Kompositionen, klassische und religiöse Werke. Xaver begann sofort, die Noten, die da standen, vor sich hin zu summen, und er konnte es noch gar nicht richtig fassen, dass ihm die Dame diese einmalige Antiquität überlassen möchte.

„Liebe Frau, ich kann das doch nicht annehmen!“

„Doch, du bist der richtige junge Mensch, um diese Werke zu vollenden. Und wenn du großen Erfolg damit haben wirst und du damit ein gutes Einkommen erzielen solltest, dann gib’ einen Teil davon weiter, an Menschen, die es brauchen können. Ich besuch’ jedes Jahr zu Weihnachten die obdachlosen Menschen in der Barnabitenkirche in Wien Mariahilf, in der sogenannten Gruft. Das war auch der Grund, warum gerade wieder mal in Wien war. Da unterhalte ich mich mit dem Priester, den Schwestern und den vielen Helfern und frag sie, was sie am nötigsten brauchen würden. Du kannst mir glauben, die brauchen jeden Schilling und viel menschliche Zuneigung.“

Xaver war hin und weg. Er wusste gar nicht, was er sagen sollte. Noch bevor er irgendeine Floskel von sich geben konnte, fragte ihn die ältere Dame nochmals nach dem Weg zu Gleis 5. „Da sollte der Zug in Richtung Tamsweg abfahren und ich glaub, ich bin schon recht spät dran. Kannst du mir nun bitte weiterhelfen?“

Xaver begleitete die Dame, sie hängte sich in seinen Arm ein und er brachte sie zu Gleis 5, wo schon der Zug zur Abfahrt nach Tamsweg bereitstand.
Ihr leichtes Handgepäck verstaute er für sie in ihrem Abteil und verabschiedete sich.
„Wie kann ich mich jemals bei Ihnen bedanken, ich weiß doch nicht mal, wie Sie heißen!“
„Lass’ dich von den Aufzeichnungen im Buch inspirieren und kom-

poniere wunderbare Melodien und Lieder daraus. Und vergiss nicht, wenn du Erfolg hast – und den wirst du haben, davon bin ich überzeugt, lieber Xaver –, gib' ein bisschen davon an Menschen weiter, die es dringend brauchen können. Und teile deine Freude mit anderen Menschen, egal, wo sie herkommen oder wie sie aussehen oder welchen Stand sie haben, denn nur so wird dieser Funke an Freude und Liebe immer größer! Und die Welt soll mit ihrer Musik in hellem Licht erstrahlen!"

Beide waren gut gelaunt und lachten sich zu. Xaver stieg aus dem Zug wieder aus und rief ihr noch vom Bahnsteig zu: „Sie haben vergessen, mir Ihren Namen zu sagen!"

Während der Zug anfuhr, zog die stilvolle Dame das Fenster ihres Abteils herunter und antwortete ihm: „Gruber, wie sonst? Und ich wünsche dir noch fröhliche Weihnachten mit deiner Familie!"

DIE TÜRKISCHEN VANILLEKIPFERL

Eine Geschichte, die sich so oder so ähnlich rund um den 24. Dezember im Jahr 1978 in Wien-Ottakring, dem 16. Wiener Gemeindebezirk, ereignete.

OTTAKRING
16. Wiener Gemeindebezirk
Fläche: 8,85 km^2
Einwohner: 101.638
(1. Jänner 2022)

560 g Mehl glatt
400 g Butter
100 g Walnüsse, 100 g Mandeln, 100 g Haselnüsse (gerieben)
160 g Staubzucker
2 Pkg. Vanillezucker

Diese Zutaten mischte Christl zu einem geschmeidigen Teig und knetete diesen sorgfältig, mit Hingabe und viel Liebe. Die Nüsse mahlte sie in einer Moulinex-Kaffeemühle. Die mit dem milchig braunen Plastikdeckel, auf den man nur mit der flachen Hand drücken musste, und schon startete der kleine eingebaute Motor, der mehr Drehzahlen erreichte als jedes Zwei-Takt-Moped und auch genau so laut war. Es passten zwar nicht all zu viele Nusskerne hinein, aber es war praktisch, sie nicht mit der Hand zerstoßen zu müssen. Und ein weiterer Vorteil war: Die Maschine zerkleinerte die Nüsse viel feiner, als man diese mit der Hand je reiben hätte können.
Danach schlug Christl den Teig in eine Klarsichtfolie ein und ließ ihn zwei Stunden auf der kühlen Fensterbank zwischen den Glasscheiben rasten. Während des Wartens las sie in der bunten Wochenillustrierten „Tina", die sie sich nur vor Weihnachten leistete. Die speziellen Weihnachtsausgaben waren viel dicker als die vom Rest des Jahres und man fand jede Menge weihnachtliche Rezepte darin. Anhand von Fotostorys zeigte die bunte Illustrierte, wie man die ausführlich beschriebenen Rezepte leicht umsetzen konnte.
Außerdem gab es das eine oder andere Gewinnspiel in den Dezemberausgaben. Christl dachte, da kann man sowieso nie etwas gewinnen, aber die Preise waren immer zu verlockend, um nicht eventuell doch mal eine Postkarte zu riskieren und mitzuspielen. Da waren auf bunten Fotos Traumurlaube in die Karibik, schicke Autos und moderne Haushaltsgeräte oder Gutscheine von großen Kaufhäusern abgebildet. Der absolute Hauptpreis aber war: Der Gewinner bekam jeden Monat 8.888.- Schilling auf sein Konto überwiesen – ein ganzes Leben lang. Christl hatte eine wirklich stattliche Pension. Denn sie hatte 45 Jahre

bei der Österreichischen Post gearbeitet und in dieser langen Zeit hatte sie nur zwanzig Krankenstandstage zu vermelden gehabt. Ihre Pension betrug monatlich 8.845,34 Schilling. Und das 14 Mal im Jahr. Sie lebte sehr sparsam in ihrer kleinen Wohnung in Wien-Ottakring und war mit dem Geld höchst zufrieden. Wieso also sollte sie bei so einem Gewinnspiel mitmachen, das würde nur unnötig Geld für die Briefmarken kosten? Andererseits: das doppelte Gehalt, jedes Monat? Sie fing an, vor sich hin zu träumen, was sie sich davon alles leisten könnte. Viel würde sie nicht benötigen, höchstens modernes Wintergewand und ein paar neue, wärmere Winterschuhe, vielleicht auch ein kleiner Winterurlaub in den Bergen. Aber das wäre doch nur purer Luxus, dachte sie. Eines würde sie ganz sicher mit soviel Geld tun: Sie würde damit liebend gerne ihre Nachbarn unterstützen.

Die waren wie eine zweite Familie für sie. Sie selbst hatte zwei Söhne. Der eine lebte im Ausland und der andere besuchte sie nur ganz selten, höchstens einmal im Jahr, manchmal kam er gar nur alle zwei Jahre auf einen Kurzbesuch bei ihr vorbei.

Die Nachbarsfamilie stammte aus der Türkei. Irgendwo vom Schwarzen Meer, den Namen der Ortschaft, aus der sie kamen, konnte Christl sich einfach nicht merken. Familie Dünüz fühlte sich nach mittlerweile drei Jahren in Wien voll integriert. Der Vater hatte eine Anstellung bei einer großen Baufirma bekommen und war ein sehr geschickter und gefragter Arbeiter. Nicht nur bei seinem Arbeitgeber, auch wenn mal die Nachbarschaft eine kleine Reparatur benötigte, sprang Herr Dünüz sofort ein. Frau Dünüz hatte kurz zuvor eine Anstellung bei einem Reinigungsunternehmen gefunden und war privat eine der besten Köchinnen zwischen Orient und Okzident.

Wie Frau Dünüz die Speisen zubereitete, imponierte Christl sehr, und auch der exotische Geschmack war ein Erlebnis für sie, das sie so bisher noch nicht kannte. Christl war wie eine Großmutter für die beiden Jungs. Da Herr und Frau Dünüz oft spät abends von der Arbeit heimkamen, schaute Christl auf die beiden Kinder als wären es ihre eigenen. Sie kochte für sie, flickte ihre Kleider, spielte mit ihnen und half bei den Hausaufgaben mit, so gut es ging. Im Unterrichtsfach Deutsch haperte es bei den Kindern. Der ältere der beiden, Salih – was so viel wie „tugendhaft" oder „rechtschaffen" bedeutet –, war mit seinen Eltern vor drei Jahren nach Österreich gekommen. Der jüngere Sohn, Musa – was im Türkischen für „Moses" steht – war erst seit ein paar Wochen endlich wieder mit seiner Familie vereint. Der Neunjährige hatte die letzten drei Jahre bei seinen Großeltern in der Nähe der Stadt Trabzon, im Nordosten der Türkei, in einem nahegelegen kleinen Dorf mit Blick auf das Schwarze Meer gelebt.
Da seine Eltern noch keinen fixen Arbeitsplatz und auch noch keinen Mietvertrag für ihre Wohnung gehabt hatten, war es für sie zu riskant gewesen, den kleinen Musa in das über 2600 Kilometer entfernte und für ihn völlig fremde Land Österreich mitzunehmen.
Seit ein paar Monaten wohnten die Dünüz nun in ihrer kleinen, aber feinen Wohnung mit Mietvertrag, zwischen der Ottakringer Straße und der Thaliastraße, in der Lindauerstraße.
Es war Anfang Dezember und der kleine Musa wirkte noch sehr verloren in der Weltstadt Wien. Alles war für ihn fremd und neu. Für den Neunjährigen war es so, als wäre er auf einem anderen Planeten gelandet.
Musa kam mit dem Cousin seines Vaters in einem orangefarbigen Ford

Transit, der bis an die Dachkante völlig überladen war und im Innenraum kaum mehr ein Baklava Platz fand, nach mehr als 35 Stunden Autofahrt in Wien an. Seine Mutter erdrückte den Kleinen beinahe, als sie nach zwei Jahren ihren geliebten Sohn, gesund und munter wieder in ihre Arme nehmen konnte und dabei liefen ihr Tränen vor Freude über ihr Gesicht. Sie hatte schon die Tage, bis ihre Familie endlich wieder vereint sein würde, gezählt. Auch um einen Platz in der Volksschule hatte sie sich schon vorab gekümmert.

Die vielen Autos auf den Straßen, das Menschengewusel, die unbekannte Sprache, die vielen, vielen neuen Eindrücke, all das verunsicherte Musa und war eine Reizüberflutung für ihn. In den ersten Schultagen wurde er von seinen Mitschülern als etwas sonderbar angesehen. Auch ein Grund dafür war sicherlich, dass Musa eine ganz unbekannte Sprache redete, und noch dazu sah er anders aus als sie, das verunsicherte seine Mitschüler. Aber der kleine Junge aus der Türkei ließ sich nicht aus der Ruhe bringen, denn er war clever und sehr aufmerksam und sagte sich: „Die haben auch Üs und Ös, so wie das Türkische, es kann doch nicht so schwer sein, diese Sprache zu erlernen." Und zum Glück hatte er seinen großen Bruder und die Nachbarin Christl an seiner Seite, die ihn tagtäglich dabei unterstützten, die neue Sprache so rasch wie nur möglich zu erlernen. Christl redete zwar meist in der Zeichensprache mit ihm, ihre Kommunikation war sozusagen ganzkörperlich, vor allem mit ihren Händen und Füßen drückte sie sich gekonnt aus. Sein Bruder hingegen ging manchmal zu hart mit ihm um, aber im Großen und Ganzen harmonierten die Drei sehr gut miteinander. Anfang Dezember besuchten Salih und Musa ihre Mutter an ihrem

Arbeitsplatz. Sie war mit ihrer Reinigungstruppe ganz in der Nähe ihrer Wohnung in einem riesengroßen Kaufhaus beschäftigt.
Am Weg dorthin, es war schon dunkel geworden, sah Musa so viele Lichter wie noch nie in seinem ganzen Leben. Auf der Thaliastraße leuchteten an diesem Tag zum ersten Mal vor Weihnachten die Lichterketten der Stadt und die weihnachtliche Beleuchtung in den dekorierten Schaufenstern erstrahlte wunderbar leuchtend durch das Glas der Auslagen. Musa war total erschrocken und fasziniert zu gleich. In dem Dorf, wo er herkam, hatten nur ganz wenige Häuser elektrisches Licht. Manchmal sah er weit draußen am Meer Schiffe fahren, die mit ein paar wenigen Lichtern wunderbar bunt beleuchtet waren, die Lichtstreifen sah er am Wasser weit entfernt schimmern und erfreute sich daran. In seinem Dorf gab es auch nur drei Familien, die ein Auto besaßen: der Allgemeinmediziner, der Tierarzt und der Cousin seines Vaters, er war ein reicher Schafbauer. Wenn die Sonne in seiner kleinen Ortschaft unterging, war es eben dunkel. Und nun das! Die Stadt war genauso hell erleuchtet wie tagsüber.
Auch die vielen Gerüche im Wien der späten 1970er Jahre waren völlig neu für ihn. Einige liebte er sofort, mit anderen wiederum konnte er gar nichts anfangen. Der Duft der heißen Maroni, oder der von den Bratkartoffeln roch fantastisch für ihn und auch der vom Zuckerlstand betörte ihn.
Der Verkäufer webte da auf einem Holzstab etwas, was aussah wie rosafarbige, wunderbar duftende seidene Wolle. Salih erklärte seinem Bruder, dass das rosa Haar noch süßer schmecke als Baklava oder Kadayif (ein türkisches Fadenteig-Dessert) und man nenne es Zuckerwatte.
Der Geruch, der aus den Drogeriemärkten oder vom Fleischhauer

kam, den mochte er gar nicht. Auch der Abgasgestank der vielen Autos war etwas Grausiges für ihn, aber mit dem musste er in der Großstadt umgehen lernen. Genauso wie mit dem Lärm.

An einem Mittwoch kurz vor 18 Uhr erreichten die beiden Brüder das Modehaus Nitsch. Ihre Mutter hatte mit ihrem Chef schon abgeklärt, dass die Buben nach Ladenschluss bei ihr bleiben durften, da ihr Mann länger arbeiten musste und die Nachbarin keine Zeit hatte, auf sie aufzupassen. Das ging so in Ordnung, teilte man ihr mit. Musa bekam nun in dem mehrstöckigen Kaufhaus eine völlige Reizüberflutung. Seine Sinne spielten verrückt. Ein Einkaufstempel, vollgestopft mit feinen Stoffen, Anzügen, Hüten, Handschuhen, Strumpfhosen, Hemden und jede Menge elektrische Lampen, die von der Decke hingen! Er musste sich setzen und fragte seinen Bruder, ob das Kaufhaus seiner Familie gehört, weil seine Mutter es so gewissenhaft putzen würde. Salih versuchte ihm zu erklären, dass dies der Job ihrer Mutter sei. „Aber wieso putzt unsere Mutter diesen Palast mit den vielen Kronleuchtern so toll, obwohl uns der gar nicht gehört?“, rief er erzürnt. „Ja, das ist so in dieser Welt, in der wir hier leben, das wirst du auch noch lernen“, versuchte ihm sein Bruder zu erklären.
Musa trotzte und war traurig. Am Heimweg versprach er seiner Mutter, wenn er größer sein werde, dann würde er ihr ein eigenes tolles Haus bauen mit genau so vielen riesigen Kronleuchtern darin wie in diesem Kaufhaus, in welchem sie putzte. Salih und seine Mutter lachten über die Träume von ihrem jüngsten Familienmitglied, während sie die die Ottakringer Straße entlang heimwärts schlenderten.
Es war schon spät geworden und die drei freuten sich schon auf einen

entspannten Abend in ihrer warmen, gemütlichen kleinen Wohnung.
Am nächsten Tag war Musa ohne seinem Bruder, der hatte nach der Schule Fußballtraining, bei Christl, um gemeinsam Kekse zu backen. Sie führte ihm, wie eine Hauptdarstellerin in einem Theaterstück in vier Akten, den Ablauf des Vanillekipferlbackens vor. Christl fertigte den Teig mit so geschickten und professionellen Handgriffen, als spielte sie die Hauptrolle in diesem Theaterstück. Tanzend und lachend zauberte sie Stück für Stück auf das Backblech. Musa verstand sehr schnell den Zauber von Christls Vanillekipferl und merkte sich auch rasch alle Zutaten, die sie verwendete. Für das „Backspektakel“ benötigten die beiden keine Worte. Beim Backen sprachen die zwei dieselbe Sprache.
Nach dem ersten vollen Backblech merkte Christl, dass der Vanillezucker aus sei und deutete Musa in Zeichensprache, dass sie noch zum Greißler ums Eck gehen müsste, um neuen zu besorgen. Musa nützte die Zeit, ging in seine Wohnung und holte ein kleines Sackerl Pistazienkerne. Denn er bemerkte, dass Christl drei verschiedene Nussarten beimengte. Doch für echte türkische Vanillekipferl fehlten noch Pistazien, dachte er. Als sie mit ein paar Packerln Vanillezucker zurückkam, hatte Musa schon die Pistazien für sie in der Moulinex-Kaffeemühle gemahlen. Dies sollte sein Geheimnis bleiben.
Christl knetete den nächsten Teig und wieder waren zwei Backbleche mit ihren Kipferln voll. Kaum aus dem Backrohr draußen, wurde das noch heiße Kleingepäck sofort mit dem Vanille-Staubzucker-Gemisch bestreut. Das gemeinsame Backen beschäftigte die beiden beinahe den ganzen Nachmittag lang. Während sie beschwingt ihr „Vanillekipferl-Theaterstück“ dem kleinen Musa vorführte, fiel die Zeitschrift „Tina“, die am Küchentisch gelegen hatte, genau so zu Boden, dass die Seite

mit dem Gewinnspiel darauf nach oben zeigte. Musa hob sie auf und sah die tollen Bilder der schicken Autos, der bunten Küchengeräte und der blauen Sandstrände.
Da stand: Einsendeschluss 6. Dezember! Es war der fünfte des Monats und Christl packte die Gelegenheit beim Schopf und sagte sich: „Wenn nicht heute, wann dann? Ist doch egal, was die Briefmarke kostet."
Sie füllte den Gewinnspiel-Bon aus, nahm einen kleinen Karton aus der Küchenlade, packte ein paar frische, noch lauwarme Vanillekipferl hinein, klebte den Bon oben auf, nahm Musa bei der Hand und so gingen sie gemeinsam zum Postamt, um das Paket abzuschicken.

Am nächsten Morgen kochte Christl wie jeden Tag ihren Tee zum Frühstück und probierte dazu ein Kipferl vom Vortag. Sie war so aufgeregt gewesen, dass sie vergessen hatte, die Vanillekipferl zu kosten, bevor sie sie in den Karton gepackt und weggeschickt hatte. Sie nahm ein schneeweißes Kipferl aus ihrer Keksdose und begann zu beurteilen, wie ein Marktforscher es tun würde.
Der Geschmack war wie immer vorzüglich. Beinahe noch besser, runder und süßer als bisher, stellte sie fest. Auch die Konsistenz und die Krümmung waren perfekt geworden. Genau so, wie sie es erwartet hatte. Doch dann sah sie die Farbe im Inneren des Kipferls. Es ging ein Schrei durch Christls Wohnung, der bis zu den Nachbarn durchdrang. Woher kam die grüne Farbe im Teig? Sie läutete völlig aufgeregt bei Familie Dünüz an der Wohnungstüre: „Musa, woher kommt die grüne Farbe im Teig meiner Vanillekipferl?" Frau Dünüz übersetzte dem Buben die Frage und der antwortete; „Wahrscheinlich von den Pistazienkernen, die ich zu deiner Nussmischung hinzugegeben habe."

Christl schlug ihre Hände zusammen und ging wortlos zurück in ihre Wohnung. All die Jahre über hatte sie die besten, weißesten und tollsten Vanillekipferl gebacken und nun, wo sie ihre Kipferl zum ersten Mal jemanden Fremden zum Kosten angeboten hatte, jemanden, den sie gar nicht kannte, war ihr Teig grün! Die in der Redaktion der Zeitschrift würden sie wahrscheinlich in der nächsten Ausgabe zur schlechteste Hobbybäckerin küren. Welch eine Schande für sie.

Einen ganzen Tag sprach sie nicht mehr mit Familie Dünüz.
Doch Tags darauf entschuldigte sie sich bei ihren Nachbarn, sprach dem kleinen Musa ein Lob aus, dass er doch die Pistazienkerne in guter Absicht zu den anderen Nüssen gemischt hatte und dass sie vor Weihnachten nicht mit ihnen streiten wolle. Familie Dünüz nahm die Entschuldigung sofort an, Frau Dünüz entschuldigte sich auch bei ihr für ihren Sohn. Und Familie Dünüz lud Christl daraufhin zum Abendessen ein. Christl freute sich auf die Einladung und nahm drei Weihnachtskeksdosen, voll mit den „Türkischen Vanillekipferln" als Gastgeschenk mit.
Eine davon schnappte sich der kleine Musa und versteckte sie in seinem Zimmer, wie ein Eichkätzchen die Nüsse vor dem Winter.
Am nächsten Tag, gleich nach der Schule, besuchte er den kleinen Bäckerladen in der Ottakringer Straße. Der Besitzer war auch aus der Türkei und so konnte Musa ihm die Geschichte der Türkischen Vanillekipferl erzählen. Er holte die schön weihnachtlich verzierte Blechdose, voll mit den Kipferln, aus seiner Schultasche und erklärte ihm, dass sie etwas Magisches hätten und er jederzeit ein paar solcher Dosen für ihn zum Verkauf liefern könnte.
Auch einem Namen hätte er schon für die Spezialität:
Chrüstls Vanilya Kruvasan!
Der Bäckermeister kostete die feine Ware und war auf Anhieb begeistert davon. Endlich hatte auch er Weihnachtsleckereien für sein türkisches Stammpublikum anzubieten, die Original Chrüstls Vanilya Kruvasan!
Musa war mit seinen erst neun Jahren ein tüchtiger Geschäftsmann und verhandelte mit dem Bäckermeister einen sehr akzeptablen Preis. Und wenn sich die feine Bäckerei gut verkaufen sollte, bekam er sogar

noch 10% Provision oben drauf –sein Leben lang, denn er war der Erfinder der Original Türkischen Vanillekipferl.
Er lief sofort heim, um diese guten Neuigkeiten Christl zu erzählen. Anfangs war sie noch skeptisch, aber als sie in die dunklen runden Augen des kleinen Jungen blickte, konnte sie ihm diese Bitte nicht abschlagen und willigte ein, die Idee von Musa mit umzusetzen. Es waren ja nur noch ein paar Tage bis Heiligabend und danach würde der Bäckermeister sowieso keine Vanillekipferl mehr verkaufen.
Die Redaktion von der Wochenillustrierten meldete sich nicht. Da kam nicht einmal ein Dankeschön für die wohlschmeckenden Kipferl von dem Verlag zurück, und so gefiel ihr die Idee von Chrüstls Vanilya Kruvasan immer mehr.
Christl und Musa machten sich ans Werk mit vollem Elan und voller Freude. Sie tanzten und sangen gemeinsam beim Backen der feinen Leckereien. Sie brachten Herrn Güsyn beinahe täglich eine ganze Blechdose voll mit der wunderbaren Ware in seine Bäckerei.
Kurz vor Heiligabend, als Christl und Musa gemeinsam zur Bäckerei gingen, um noch weitere Dosen abzuliefern, trauten sie ihren Augen nicht. Da stand ganz groß und mittig platziert ein Schild in der Auslage und darauf stand wunderschön mit Hand geschrieben;
Chrüstls Vanilya Kruvasan – orijinali sadece burada benden temin edilebilir! (Chrüstls Vanilya Kruvasan - das Original nur hier bei mir erhältlich!)
Christl war sichtlich stolz auf sich und den Buben. Sie hatte, nach 45 Jahren als Postangestellte, etwas in ihrem Leben geschaffen, das viele Menschen genau so glücklich machte wie sie. Ihre Vanillekipferl waren der Renner!

Gemeinsam feierten sie den 24. Dezember bei Familie Dünüz. Es war das erste Mal für die Familie, dass sie den Heiligen Abend feierten, sogar mit einem kleinen Weihnachtsbaum und ein paar wenigen Geschenken darunter, denn die Familie Dünüz hatte einen anderen Glauben als Christl. Aber das war ihnen allen egal, denn sie genossen das feine Essen von Frau Dünüz, die tolle Nachspeise von Christl und das gemütliche Zusammensitzen einfach sehr. An diesen Abend war keine Religion stärker oder besser als die andere.

Christls tolle Leckereien sind längst schon über die Grenzen Ottakrings bekannt geworden und aus Musa wurde ein toller Geschäftsmann. Er baute für seine Mutter und für viele andere Menschen in und rund um Wien die edelsten und schönsten Häuser – mit viel Hingabe und Liebe. Vielleicht ist das das Geheimnis, egal, was man tut: Respekt und Liebe – so wie einst bei der Herstellung der Türkischen Vanillekipferl.

DER VERSCHWUNDENE WIENER RATHAUSMANN

Eine Geschichte, die sich so oder so ähnlich rund um den 24. Dezember im Jahre 1985 in Wien-Innere Stadt, dem 1. Wiener Gemeindebezirk, ereignete.

INNERE STADT
1. Wiener Gemeindebezirk
Fläche: 3,01 km^2
Einwohner: 15.700
(1. Jänner 2022)

Vielleicht erinnern Sie sich noch an die Schlagzeile am 23. Dezember 1985: „Wiener Rathausmann nach Renovierung verschwunden!"
Für viele Wiener ist der Rathausmann nicht nur Wahrzeichen und eine der bekanntesten Figuren der Stadt, einige meinen auch, dass er eine Seele hätte.

Und das auch schon im 19. Jahrhundert, denn indirekt diente er dem Architekten Friedrich von Schmidt dazu, dass er den Turm der Votivkirche überragen sollte. Kaiser Franz Josef ordnete persönlich an, dass der höchste Turm des Rathauses nicht höher sein durfte als die Türme der Votivkirche. Friedrich von Schmidt hielt sich an alle Vorgaben des Kaisers und baute den fünften und höchsten Turm seines Gebäudes um einen Meter niedriger als den der Votivkirche, nämlich mit einer Höhe von 98 Metern. Doch dann ließ er „seinen" Rathausmann mit 3,40 Meter Größe, mit Standarte sogar 5,40 Meter, auf die Turmspitze aufsetzen und somit überragte sein Bau die Votivkirche um einige Meter, und das, obwohl er sich an alle Pläne und Höhenvorgaben genauestens gehalten hatte.
Der Wiener Bevölkerung bereitete dies eine Riesenfreude, dass sich einer aus dem Volk gegen den Kaiser so geschickt durchgesetzt hatte. Das war sicher auch einer der Gründe, warum die Wiener Bevölkerung „ihren" Rathausmann vom ersten Tage an liebte und ihn sofort ins Herz schloss.

Etwa hundert Jahre nachdem der Rathausmann seinen Platz am höchsten Turm des Wiener Amtsgebäudes eingenommen hatte, musste er zum ersten Mal eine Renovierung über sich ergehen lassen.
Die 1800 Kilogramm schwere Figur kam dazu in eine Werkstätte im Wiener Gasometer. Bei dieser Gelegenheit fertigte Fritz Tiefenthaler einen Gipsabdruck an und es entstand eine Kopie aus Kunststein vom Wiener Wahrzeichen, die man im Rathauspark bis heute bewundern kann. Im September 1985 wurde das auf Vordermann gebrachte Wiener Wahrzeichen wieder zurück auf das Amtsgebäude gebracht. Glän-

zend und stolz stand er da, als der Winter in die Stadt einzog und die ersten Schneeflocken sanft auf ihn fielen. Es schien so, als würde er sich auf den Winter freuen.

Doch dann verschwand er anscheinend am 22. Dezember 1985.

Hartnäckigen Gerüchten zufolge sah man ihn an diesem Tag in der Nähe von verschiedenen Sehenswürdigkeiten im gesamten ersten Wiener Gemeindebezirk.
Die Stadt war an diesem 22. Dezember leicht verschneit und es zog dichter Hochnebel über Wien herein. Der Rathausmann war nicht mehr zu sehen, doch die Spitze des Turmes, auf dem er befestigt war, war klar und deutlich zu erkennen. Am nächsten Morgen überschlugen sich die Tageszeitungen über das scheinbare Fehlen des Wiener Wahrzeichen mit Schlagzeilen wie „Rathausmann nach Renovierung verschwunden", „Rathausmann bei Wiener Sehenswürdigkeiten gesichtet", „Stahl eine Ostbande unseren wertvollen Kupfermann?" oder „Weihnachtsmann schwebte über Christkindlmarkt in Eisenkostüm". Die Wiener Gerüchteküche brodelte und es ging rasant schnell, dass die Bewohner der Stadt wirklich glaubten, was ihnen die Medien vorsetzten. Man wollte gar nicht mehr hinterfragen, wie das schwere Wahrzeichen von der Spitze des Rathausturmes verschwinden konnte. Die Sensationslust unter der Bevölkerung war viel zu groß und die Geschichte bekam eine Eigendynamik.

Eine ältere Dame gab der Polizei zu Protokoll, eine sehr große Figur mit Ritterrüstung beim Eingang zum Burgtheater gesehen zu haben. Weitere Zeugen bestätigten dies.
Wieder andere meldeten, eine übergroße Figur beim Parlament gesehen zu haben. Einige Christlkindlmarktbesucher wollten den Rathausmann sogar über ihnen schwebend bei Punschständen gesehen haben. Auch ORF Wien Heute berichtete über das seltsame Verschwinden des Kupfermannes, als sie einen Hinweis aus der Bevölkerung bekamen,

dass der Rathausmann auf der Kirchturmspitze des Stephansdoms gesehen worden sei. Filmen konnten sie ihn leider nicht, das wäre die Sensation schlechthin gewesen.
Noch bevor die totale „Rathausmann-Mania“ in Wien einen Tag vor Heiligabend ausbrechen konnte, stoppte der Wiener Bürgermeister diesen Hype. Dr. Helmut Zilk versammelte die Wiener Berufsfeuerwehr an diesem nebeligen und sehr kalten Nachmittag des 23. Dezembers im Amtsgebäude und wollte dem Spuk ein Ende setzen, indem er dem Hauptbrandmeister seinen Plan vorlegte.
Den Plan des Bürgermeisters umzusetzen, war gar nicht mal so leicht. Journalisten und Kamerateams aus der ganzen Welt belagerten bereits das Wiener Rathaus und machten der Wiener Berufsfeuerwehr die Aufbauarbeiten für schweres Gerät, um damit aufs Dach zu kommen, unmöglich. Der Landeshauptmann Helmut Zilk konnte die Arbeiten kaum leiten, da er von einem Interview zum nächsten gereicht wurde.

Bis es ihm reichte und man seine Stimme über den gesamten Arkadenhof des Wiener Rathauses mit den Worten: „Ihr seids jo olle narrisch g'worden, der Rothausmonn steht do, wo er immer scho g'standen is und net am Stephansdom oben! Wos soll den der Schwachsinn?“
Die japanischen Fernsehteams hörten den Gefühlsausbruch des Wiener Politikers, und vernahmen das Wort „Stephansdom“ in dessen Geschrei. Schon berichteten sie, dass der große und sehr schwere Wiener Rathausmann nun an der Spitze des Stephansdomes stünde und niemand wisse, wie er dort hingekommen war. Das Wunder von Wien machte die Runde. Die ganze Welt blickte nun zur Weichnachtszeit auf die funkelnde Stadt an der blauen Donau.

Dr. Zilk musste nun schnell handeln. Da die Feuerwehr die Hebebühnen im Rathauspark nicht aufbauen konnte, da standen die wunderschön beleuchteten Holzhütten des Christkindlmarktes und die vielen Kamerateams mit ihren Übertragungswägen, berief der Landeshauptmann eine dringende Sondersitzung ein.
Vier der sportlichsten und besten Feuerwehrleute sollten auf das Dach klettern, ein paar Fotos und ein Video vom Rathausmann machen und ihm diese sofort überbringen, damit der Spuk endlich beendet werden konnte.
Gesagt, getan. Vier ambitionierte, sehr sportliche junge Männer meldeten sich bei ihrem Vorgesetzten und der hielt sie für die besten für diesen Job. Der Ausstieg durch eines der Dachbodenfenster war für die engagierten Florianijünger im dichten Nebel der Stadt kein leichtes Unterfangen.
Gut gesichert, mit einem Mini-DV-Camcorder und einem Fotoapparat ausgerüstet, hantelten sie sich langsam zum Plateau vor, wo der mittlerweile weltberühmte Rathausmann stehen sollte. Es dämmerte bereits leicht und der Nebel war so stark geworden, dass die jungen Männer kaum ihre Hand vor Augen sehen konnten. Sie orientierten sich nur anhand der genauen Pläne des Daches. Endlich erreichten sie ihr Ziel und da stand er vor ihnen: Der Wiener Rathausmann in seiner ganzen Pracht.
Einer der Männer filmte die Szene und ein anderer machte sich bereit für die Fotoaufnahmen. Zum Glück hatte der Apparat ein leistungsstarkes Blitzlicht eingebaut. Er bat seine Kollegen, sich um den Rathausmann zu positionieren, damit das Foto beweisen konnte, dass es die echte Figur und auch die richtigen Stelle war.

Genau in dem Moment, als der junge Feuerwehrmann Peter C., auf den Auslöser drückte, erhellte das Blitzlicht den gesamten mittleren Rathausturm und der Nebel verschwand von einer Sekunde auf die andere. Es war wie in einem Theaterstück, als würde nach der Pause der Vorhang hochgehen. Die vier Männer standen wie versteinert rund um den frisch polierten, glänzenden Kupfermann. Einige der Besucher des Christkindlmarktes sahen den Blitz und blickten hinauf auf den mittleren Turm des Amtsgebäudes. Mit ihrem Staunen und ihren Fingern nach oben zeigend, erweckten sie schnell die Aufmerksamkeit der Menge. Kurz darauf tobten und applaudierten die Menschen im weihnachtlich geschmückten Park vor Freude. „Ihr" Rathausmann war wieder da, wo er hingehörte. Die Fernsehteams reagierten sehr schnell und so konnten sie das Bild des Jahres einfangen: Vier junge Feuerwehrleute in hundert Meter Höhe, rund um den Wiener Rathausmann, als es leicht zu schneien begann.

Die vier waren am 24. Dezember 1985 auf allen Titelblättern der Tageszeitungen zu sehen, mit Headlines wie: „Der Wiener Rathausmann ist zurückgekehrt. Weihnachten ist gerettet", „Das Wunder von Wien. Weihnachten kann kommen", oder „Welche Botschaft verbirgt das geheimnisvolle Kuvert im Gürtel des Rathausmannes?"
Noch bevor sich die jungen Feuerwehrmänner in Richtung Dachbodenfenster aufmachen konnten, hatte Peter C. ein rotes Kuvert, welches in der kupfernen Gürtelschnalle des „Wiener Helden" steckte, entdeckt. Er nahm es einfach an sich und erst, als ihn einer der Journalisten im Arkadenhof des Rathauses befragte, was er denn da bei sich hätte, erklärte er diesem: „Das war in seiner Gürtelschnalle, ich hab

das Kuvert noch nicht geöffnet, weil ich es zuerst meinem Vorgesetzten zeigen möchte, und dann gleich unserem Bürgermeister übergeben werde."
Tagelang beschäftigte die Journalisten die Frage, nach dem Inhalt des Kuverts.
Am 30. Dezember 1985 war es dann soweit, Helmut Zilk ging damit an die Öffentlichkeit. Die Medienlandschaft wartete gespannt auf den Fernsehauftritt ihres Bürgermeisters. Er lobte in der Hauptabend-ZiB im ORF zunächst die gesamte Wiener Feuerwehr und bedankte sich auch bei der Wiener Bevölkerung für ihre Liebe für die schönste Stadt der Welt und die Liebe für ihre Wahrzeichen, allen voran den Wiener Rathausmann.

Doch was stand da in diesem Kuvert? Die Spannung wurde unerträglich, ganz Österreich saß vor ihren Fernsehgeräten und wollte wissen, welche Botschaft ihr „Held" ihnen übermitteln wollte.
Dann endlich zog der Landeshauptmann von Wien das rot-glänzende Kuvert aus seiner Sakkotasche und verlas den Text, der auf weißem Seidenpapier geschrieben stand:

Ost und West

Alle sama gleich – des ist net neuch für euch,
Doch sollt' ma darauf schauen, Atomraketen abzubauen.
Bei diesem Krieg gibt's kann Gewinner
Da hilft auch kein Gejammer und Gewimmer.
Haben wir nicht gelernt von der Zeit?

Bei Kriegen geht's doch immer nur um Geld, Macht und Neid
Das werma ändern – und lassen die LIEBE regieren,
Damit Kriege nie mehr passieren.
Zu Weihnachten halten viele inne,
Doch das ganze Jahr über sollt ihr euch besinnen,
Um was es wirklich geht: LOVE & PEACE ist's,
was da großgeschrieben steht!
Tragt es in die ganze Welt, denn ich weiß, dass die LIEBE
allen Menschen gefällt! R.

Die Botschaft von Wien schaffte es wirklich, in die ganze Welt hinausgetragen zu werden! Als Karol Józef Wojtyła, besser bekannt als Papst Johannes Paul II., bei seiner Neujahrsrede 1986 genau diesen Text zitierte, dauerte es nicht mehr lange, bis Ronald Reagan und Michail Gorbatschow zu Abrüstungsgesprächen bereit waren.

Wien war nun wirklich Weltstadt geworden. Dank ihrem Bürgermeister, den tapferen Florianijüngern und der Botschaft des Rathausmannes. Vielleicht lässt sich das Wiener Wahrzeichen im Jahr 2022 wieder so etwas einfallen, um die ganze Welt wach zu rütteln?

DIE FÜNF BRÜDER

Eine Geschichte, die sich so oder so ähnlich rund um den 24. Dezember 2001 im 11. Wiener Gemeindebezirk-Simmering, ereignete.

SIMMERING
11. Wiener Gemeindebezirk
Fläche: 23,27 km^2
Einwohner: 106.078
(1. Jänner 2022)

Frau Anna Jank bekam Anfang Mai 2001 mit ihren fünf Söhnen, am Muhrhoferweg 1-5 eine 82 m^2 große Wohnung von der Gemeinde Wien zugewiesen.
Zuvor hatte Familie Jank in einer 55 m^2 kleinen Mietwohnung in Wien-Meidling gelebt. Alle fünf Kinder teilten sich da ein Kinderzimmer, zum Spielen war kaum Platz, ihr Zimmer war mit Stockbetten zugestellt. Eine kleine Wohnküche und das Schlafzimmer der Eltern rundeten die Architektur ab. Duschen und der morgendliche Gang auf

die Toilette mussten genau getimt werden. Eine größere Wohnung mit zwei Kinderzimmern und einem extra Wohnzimmer war der Traum der Familie Jank. Sie hatten schon mehrmals bei der Gemeinde Wien diesbezüglich angesucht, aber leider wurden sie immer wieder damit vertröstet, dass im Moment keine passende Wohnung für sie frei wäre. Doch dieses Jahr war es so weit.

Das Glück in vollen Zügen zu genießen war Familie Jank leider nicht vergönnt, denn im März traf sie ein schwerer Schicksalsschlag.
Der Vater der fünf Buben kam bei einem Arbeitsunfall ums Leben.
Nun durften sie zwar in eine größere Wohnung ziehen, aber ohne ihren geliebten Vater. Der grausame Unfall, und der Gedanke, ihren Papa nie wieder sehen zu können, hinterließ bei den Kindern tiefe Spuren.
Ganz unterschiedlich waren die Reaktionen der Jungs über den Verlust ihres Vaters.
Der Älteste der Brüder, der siebzehnjährige Peter, er wurde von seinen Freunden und seinen Brüdern nur Pete genannt, schlüpfte sofort in die Vaterrolle und half seiner Mutter, wo immer er nur konnte. Edi, 15, Erwin, 13, und Marvin, 10, zogen sich zurück und forcierten ihre Hobbys. Ihr Verhalten war introvertiert und sie sprachen wenig mit den anderen Kindern in der Schule. Erwin und Marvin verbrachten die meiste Zeit auf der Had, am Fußballplatz des 1. SSC – des Simmeringer Sport Clubs. Kurz nachdem sie in ihr neues Zuhause gezogen waren, absolvierten die zwei sehr sportlichen Buben ein Probetraining und wurden auf Anhieb vom Verein aufgenommen.
Vom Muhrhoferweg bis zum Fußballplatz brauchten die beiden jungen Kicker im leichten Lauf etwa 35 Minuten, nach dem Training benö-

tigten sie 50 Minuten zurück. Doch das hielt sie fit und lenkte sie von ihrem Gedankenkarussell ab. Den fünfzehnjährigen Edi zog es hobbymäßig in eine ganz andere Richtung. Er war tänzerisch sehr begabt. Nach einer Audition an der Wiener Staatsoper wurde er von der Stelle weg als Statist engagiert. Eine Unterschrift seiner Mutter genügte, und er durfte sogar bei den Spätvorstellungen auf der Bühne mit dabei sein. So kam er des öfteren erst um Mitternacht mit der Straßenbahn, dem 71er, in Wien-Simmering an. Am nächsten Tag fiel es ihm sehr schwer, im Schulalltag munter zu bleiben. Doch sein Honorar betrug immerhin dreihundert Schillinge pro Abend, und damit konnte er die ganze Familie unterstützen.

Mutter Anna arbeitete oft Doppelschichten in der Fabrik bei Mautner Markhof, aber das Geld reichte für fünf Kinder mit nur einem Einkommen hinten und vorne nicht aus und wurde am Monatsende immer sehr knapp. Im Sommer half Anna noch zusätzlich bei den letzten großen Bauern Wiens aus, um Gemüse zu ernten und verdiente da auch noch ein paar Schillinge dazu. Edi steuerte gerne mit seinem Auftrittshonorar, einen Teil zum Familienbudget bei, weil auch er sah, wie seine Mutter sich abschuftete und dabei aber niemals jammerte, oder ihre manchmal schlechte Laune an den Kindern ausließ. Für Hobbies blieb Anna keine Zeit und da auch das nötige Kleingeld fehlte, schlenderte sie regelmäßig zum Grab ihres Mannes am Zentralfriedhof. Dort verharrte sie oft eine ganze Stunde und plauderte in Gedanken mit ihrem Ehemann.

Die Ruhe vor Ort gab ihr frische Energie, um sich jeden Tag aufs Neue um ihre Kinder kümmern zu können. Denn die fünf Jungs hatten stän dig Hunger, es gab riesige Wäschehaufen, manchmal auch Streiterein, die sie schlichten musste, und die ordentlichsten waren sie auch nicht gerade.

Doch das Nesthäckchen, der siebenjährige Christian, war anders als seine Brüder. Für ihn lebte sein Vater weiter. Er unterhielt sich oft mit ihm als säße er in seinem Zimmer. Egal, wo er gerade war, er konnte überall mit ihm plaudern. Seit dem Tod des Vaters, erkannten seine vier Brüder schnell das kreative Potential des Kleinen. Christian war sehr talentiert darin, Bilder zu malen. Er zeichnete sehr real und ausdrucksstark. Auf die Frage, wieso er das so gut könne, antwortete der Kleine: „Papa hilft mir doch dabei, könnt ihr das nicht sehen?"
Die Brüder unterstützten Christian in seiner Kreativität und ließen ihn in seiner Kraft, sich mit dem Vater austauschen zu können.

Der Siebenjährige erzählte ihnen auch, dass die große Figur im Bereich des Hauptzugangs zur Wohnhausanlage, von der Straßenbahnstation der Linie 71 kommend, auch manchmal mit ihm sprach. (Beim Haupteingang befindet sich eine vom Künstler Gerhardt Moswitzer gestaltete ca. 2,5 Meter hohe abstrakte Stahlplastik mit dem Titel „Königin"). Darauf gingen seine Brüder aber nicht ein und ließen dem Kleinen seine Tagträume.

Der Winter zog in die Vorstadt auf der Simmeringer Haide ein und parallel dazu fingen die vielen Balkone in der Wohnhausanlage Anfang Dezember an, in den verschiedensten Farben zu erleuchten und zu blinken. Plastikweihnachtsmänner und Rentiere kletterten über die diversen Außenfassaden hoch. Manche nur geschmacklos, manche auch mit rot leuchtender Nase und kitschig. Die meisten dieser Beleuchtungen sorgten aber nicht für eine vorweihnachtliche Stimmung, es wirkte eher wie ein Weihnachtsdekoration-Konkurrenzkampf der verschiedenen Bewohner des Muhrhoferweges 1-5.

Größer, heller, blinkender und bunter als die des Nachbarn musste die Weihnachtsbeleuchtung sein. Der ganze Plattenbau blitzte und blinkte wie eine Bauerndisco der 1970er Jahre. Hatte man in Richtung Hinterhof das Schlafzimmerfenster, war in der Vor-Weihnachtszeit nicht daran zu denken, mit offener Jalousie zu schlafen.

Anfang Dezember zog ein Fernsehgerät in den Haushalt der Familie Jank ein. Pete platzierte diesen im Wohnzimmer und hatte auch das Vorrecht auf die Fernbedienung. Der Siebzehnjährige sah sehr gerne Wissensendungen oder Quizshows. Sein Favorit war „Alles ist möglich – die 10 Millionen Show“, anfangs moderiert von Rainhard Fendrich. Der wurde ab Mai 2000 von Barbara Stöckl abgelöst und die Sendung hieß fortan „Die Millionenshow“. Diese Sendung durften alle fünf Kinder ohne Vorbehalt sehen. Da konnten sie mitraten und ein wenig ihren Horizont erweitern. Die ersten Fragen waren ja immer sehr einfach zu beantworten. Doch ab der
10.000-Schilling-Hürde wurde es für die Brüder immer schwerer, A, B, C oder D zu erraten. Die Kinder verstanden die Fragen oft gar nicht mehr. Nur der kleine Christian tat sich bei den Antworten immer sehr leicht. Wahrscheinlich erriet er immer zufällig den richtigen Lösungsbuchstaben, dachten seine Brüder. Doch als der Kandidat an diesem Dezemberabend immer mehr Fragen richtig beantwortete und ihm bereits die 100.000-Schilling-Frage gestellt wurde, gab Christian sofort seinen Tipp ab und rief: „Antwort B, natürlich!“ Als dann seine Antwort auch stimmte, wurde es für die anderen vier ein wenig spooky. Denn keiner von ihnen hatte nur die geringste Ahnung von der Antwort. Um 21 Uhr brachte Pete Marvin und Christian zu Bett und frag-

te den Kleinen, warum er die Antworten in der Quizshow alle wisse. Christian flüsterte ihm leise, doch ganz selbstverständlich ins Ohr, dass ihm Papa eingesagt habe, aber er solle es nicht den anderen Brüdern verraten, dass er ein wenig mit Papas Hilfe geschummelt habe. Dabei lächelte er Pete an und mit diesem Lächeln auf den Lippen schlief er rasch ein, noch bevor seine Mutter von der Arbeit nach Hause kam.

Der Dezember raste in großen Schritten dahin und es waren nur noch zwei Tage bis Heiligabend. An diesem Samstag beschloss Anna, mit allen ihren fünf Kindern einen Friedhofsbesuch zu machen. Doch Christian weigerte sich mitzukommen. Anna versuchte ihn zu beruhigen, denn sie wusste, wie schwer für ihn ein Friedhofsbesuch war. Sie sprach ihm mit tröstenden Worten gut zu, dass er doch bitte mitkommen solle. Vater würde sich sehr über seinen Besuch freuen. „Aber Papa ist eh die ganze Zeit bei mir und am Friedhof sind immer so viele Menschen, die mit mir reden wollen, und das ist mir dann zu viel. Auch der Lärm der vielen Stimmen ist dort viel zu laut für mich, ich kann dort kaum einen zusammenhängenden Satz verstehen und so würd ich auch Papa nicht hören, wenn er mit mir sprechen möchte. Das musst du verstehen, Mama", rechtfertigte er sich bei seiner Mutter.
Doch die Brüder überredeten ihn mitzukommen, sie würden auf ihn aufpassen und außerdem würde sich doch Mama schon so sehr auf diesen gemeinsamen Besuch freuen. Erwin borgte seinem kleinen Bruder seine Kopfhörer und so marschierten sie los in Richtung Zentralfriedhof, Drittes Tor. Am Weg dorthin begann es leicht zu schneien. Die Kopfhörer auf seinen Ohren und der Schnee, der bereits liegenblieb, dämmten die Geräuschkulisse für Christian etwas, so dass es für ihn

erträglich war, entlang der Gräber zu marschieren.
Als sie bei den Ehrengräbern vorbeikamen, die lagen genau am Weg zu Vaters Grab, wurde das Stimmengewirr immer lauter für Christian. Er sah hunderte Menschen in verschiedenen Kostümen an ihm vorbeiziehen. Sie hatten große schwarze Hüte auf, ein paar nur ein Fußballerdress, andere liefen bei dieser Kälte halb nackt herum, einige von ihnen tanzten bekleidet in weißen Ballettkleidern und andere saßen ganz ruhig da und schrieben. Einer fiel ihm ganz besonders auf, der hatte gegelte schwarze Haare, ganz glatt zurückfrisiert. Sonnenbrille, schwarze Hosen und einen schwarzen Umhang, ein bisschen sah der aus wie ein Vampir oder eine Fledermaus. Als er Christian ansprach, fürchtete der sich, denn es klang so, als würde er rappen. Auch die Aussprache war sehr nasal und eine Mischung zwischen Hochdeutsch und Wienerisch. Doch der kleine Junge bemerkte sofort, dass dieser schwarz gekleidete Mann ein sehr lieber Mensch war und ihm nichts antun wollte. Ganz im Gegenteil. Er rappte ein paar Worte, die sehr einprägsam für Christian waren:

„Es war um 1980 und es war in Wien – viele liebten, viele hassten mi – ich war ein Virtuose und wenn ich g'spielt hab mein Bass, dann wurden viele Frauen unterm T-Shirt nass. Ich war ein Egoist und auch der Kommissar, heut würd ich sitzen in der Shisha-Bar, und wenn ich so durch die Straßen geh, kommt's ma vor, als würd i mi überall sehen! I bin da Held aus Wien, listen, Baby, what I say, i war die Nummer 1 in the USA! Da Held aus Wien, mit Jack und Johnny oft an der Bar und trotzdem war i ganz alla!"

Die meisten der anderen Wesen grüßten ihn nur freundlich, einige von ihnen blieben stehen und fragten ihn Dinge, die er nicht verstand, andere wiederum baten ihn, etwas in seine Welt mitzunehmen. Sie sangen ihm Melodien vor, sprachen in lyrischen Gedichten und einige sogar in Zahlen zu ihm. Die letzten Zahlen waren scheinbar irgendwelche Geburtstage oder Sterbetage, Christian bekam langsam Kopfweh.
Das Stimmengewirr wurde leiser, als sie an den vielen Ehrengräbern vorbei waren.
Vorm Grab des Vaters konnte er endlich wieder seine Stimme verstehen. Sein Papa bat Christian, er soll doch Anna bitte mitteilen, dass es ihm gut gehe und er sich nun auf eine weite Reise begeben werde. Dazu müsste ihn aber seine Familie loslassen. Er werde seine Frau und seine fünf Kinder immer im Herzen behalten und wenn sie seine Kraft und Energie mal brauchen sollten, dann würde er, egal, wo er sich gerade aufhalte, seiner Familie immer behilflich sein. „Okay, Papa, so machen wir es. Ich werd's Mama sagen!" „Auch du darfst nicht traurig sein, wenn ich nicht mehr so oft bei dir sein kann, du hast deine Brüder und deine Mama, die werden dir auf deinem weiteren Weg behilflich sein. ALLES LIEBE!" Und plötzlich wurde es ruhig am gesamten verschneiten Wiener Zentralfriedhof. Christian nahm die Kopfhörer ab, gab sie Erwin zurück und lächelte. „Wieso lächelst du so verschmitzt?", fragte da sein großer Bruder.
„Ich hab eine sehr gute Nachricht für Mama, aber die sag ich ihr erst am Heiligen Abend."
Die Familie Jank feierte den ersten Heiligen Abend ohne den Familienvater. Anna begann zu weinen, als ihr Christian die Nachricht von ihrem Ehemann überbrachte. Es klang so authentisch, dass sie nicht

daran zweifelte, so als hätte ihr Mann zu ihr gesprochen, es waren genau seine Worte. Sie drückte alle ihre Kinder ganz fest an sich. Danach war Bescherung. Geschenke gab es nur ganz wenige, aber keines der Kinder war unzufrieden. Sie freuten sich über das gute Essen gemeinsam mit ihrer Mutter und über den schönen Weihnachtsbaum mit echten Kerzen darauf.

Am ersten Arbeitstag nach den Feiertagen, Anna hatte ein paar Tage Urlaub genommen, erledigte sie gemeinsam mit ihrem Kleinsten ein paar Einkäufe. Als sie an einer Trafik vorbeikamen, blieb Christian stehen. Die Mutter fragte ihn, was denn los sei.
„Was sind das für Zahlen da in der Auslage?“, fragte er sie. „Das sind die sogenannten Lottozahlen, die vorige Woche gezogen wurden. Wenn man genau diese Zahlen getippt hätte, dann würde man viel Geld dafür erhalten“. „Die Zahlen kenne ich, die hab ich schon mal irgendwo gehört. Können wir auch mal solche Zahlen tippen?“
„Ja, aber das ist Glücksspiel und das kostet sehr viel Geld. Und für Kinder ist das sowieso verboten!“
„Dann geh bitte du hinein und tippe diese 6 Zahlen!“ Er flüsterte ihr sechs Zahlen ins Ohr, Anna tat ihm den Gefallen und tippte nur diesen einen Tipp.

Zu Hause angekommen erzählte sie ihren Kindern davon, dass sie in der Lotterie sechs Zahlen getippt hätte und heute die Ziehung live im Fernsehen sei.
Gespannt saß Familie Jank, die das erste Mal in ihrem Leben an einem Glücksspiel teilgenommen hatte, vor dem TV-Gerät. Christian hatte

nur eine Zahl vertauscht, damals im Stimmengewirr des Zentralfriedhofes. Sie tippten einen Fünfer mit Zusatzzahl, mit einer Gewinnsumme von 332.190,33 Schilling. „Ich glaube, das war ein verspätetes Weihnachtsgeschenk von Papa“, teilte Christian dem Rest seiner Familie mit.

Anna blickte zum Himmel und bedankte sich bei den Engeln und den vielen guten Wesen, von denen ihr jüngster Sohn immer erzählte. Nun war die Ausbildung aller fünf Kinder gesichert, Anna musste keine Doppelschichten mehr arbeiten und konnte sich viele mehr um ihre Kinder kümmern.

Zwanzig Jahre später gab Christian den Text, den ihm der schwarzgekleidete Mann am Zentralfriedhof in einer Art Sprechgesang übermittelt hatte, einem Freund. Die Zeilen waren so einprägsam für ihn, dass er sie über all die Jahre nicht vergessen konnte. Was der musikalische Freund von Christian daraus machte, das können Sie sich, auf diversen digitalen Foren selbst anhören unter:

„Held aus Wien – 1980“.

Danke an: Peter Lahninger für seinen feinen Geist, Wolfgang Grünzweig für seinen Spirit als Musiker und Arzt, Richard & Ina Schmerker für das viele gemeinsame Lachen, Marion Humer die mich immer wieder auffängt, Alexander Grübling für seine tolle Art mich zu motivieren, an das Team von Radio Wien, Ingrid Rachbauer & Judith Hartweger, die sich um obdachlose Menschen kümmern, ihnen ein warmes Essen und ein Bett für die Nacht geben und ihnen zuhören.

Ganz besonderen Dank an meine Familie,
Sue & Tom-Tom & Leah Maya!